Narratori Feltrinelli

Andrea Bajani
Mi riconosci

Published by arrangement with Marco Vigevani Agenzia Letteraria
Prima edizione ne "I Narratori" marzo 2013

Stampa Nuovo Istituto Italiano d'Arti Grafiche - BG

ISBN 978-88-07-01943-2

Mi riconosci

Mi riconosci, aria, tu piena ancora di luoghi
un tempo miei?

Rainer Maria Rilke, *I sonetti a Orfeo*

Uno

La solitudine dell'artista è un numero da circo non annunciato, diceva un poeta. Centinaia di persone sotto un tendone con i visi che seguono un punto senza respirare. Le facce di tutti i bambini del mondo, e anche quelle dei grandi, bambini anche loro per concessione dei figli. Fuori da lì, il mondo. Dentro, al centro della pedana, un omino, che è lì per dimostrare che dentro il suo mondo c'è anche il pericolo, ma è lui a provarlo per tutti. Per questo lo applaudono ogni volta i bambini, e soprattutto lo applaudono ogni volta tutti gli adulti. Per essersi preso cura del pericolo del mondo, per averlo maneggiato al posto loro. Qualche volta, alla fine del numero, i bambini gridano, chiedono il bis. Gli adulti, invece, tacciono. Altre volte non succede nulla, e l'artista del circo se ne va via nel nulla, così come dal nulla è comparso. Si toglie il cappello, saluta il suo pubblico con un inchino e poi se ne va.

Ecco cosa è successo.

Abbiamo seguito la macchina scura lungo i viali del Prazeres, camminando piano. Davanti c'erano tua moglie e i tuoi figli. Dopo, tutti gli altri. Due uomini, che erano rimasti indietro, hanno fatto qualche passo di corsa per raggiungerci. Davanti, la lunga automobile batteva il tempo per tutti. Si vedevano soltanto la corona di fiori, i vetri scuri e l'abbaglio del sole sugli spigoli della carrozzeria. Dopo una curva l'auto scura si è fermata. Un uomo ha disteso un tappeto rosso, e alla fine del tappeto ha poggiato uno sgabello in plexiglas. In quel momento si è affacciato un gatto, e l'uomo l'ha lasciato passare con una specie di inchino. Quindi si è messo da parte, incrociando le mani dietro la schiena. Tutti nel frattempo ci siamo raccolti a semicerchio intorno alla macchina, con i visi puntati verso il centro della pedana.

Poi sei venuto fuori.

Solo che dal portellone, dalla bocca dell'auto scura, non è uscita l'imponenza che tutti ci aspettavamo per quel commiato. È uscita invece una scatolina in legno chiaro, e l'uomo l'ha sollevata. La misura e le fattezze erano quelle di un gioco da tavolo, più adatto per mettere via gli scacchi a fine partita che a ospitare – e raccogliere – un grande scrittore che moriva. È sfilata così, la piccola scatola, impertinente sotto gli occhi di tutti. Qualcuno l'ha vista transitare e non ha detto niente, altri l'hanno guardata sbigottiti. Una bambina ha riso. Quindi l'uomo in abito scuro l'ha presa e l'ha appoggiata sopra lo sgabello. Allora ti abbiamo guardato, tutti di colpo bambini, presi in giro anche sul finale. Ci hai gabbati così, come se nulla fosse, ti sei presentato dentro una scatolina in legno chiaro. Sopra quello sgabello c'era tutto il pericolo del mondo, e tu te ne prendevi cura. Più sopra ancora c'eri tu, in piedi, in quel numero da circo non annunciato, e ti sei tolto il cappello, hai fatto un inchino, e te ne sei andato via.

Due

La sera prima del tuo funerale hai appiccato un incendio ai capelli di tua figlia. Solo una fiammata, lo spavento, e poi te ne sei tornato nel silenzio inattivo dei morti. Come se nulla fosse stato, ma con quell'odore di bruciato che in un attimo si è aperto come un paracadute dentro la sala della biblioteca in cui stavi in ostensione. Abbiamo guardato allarmati la sua testa, per controllare che il fuoco fosse spento. Poi ci siamo girati verso la candela, poco distante, vera responsabile del fatto. Le si era avvicinata troppo per darti l'ultimo saluto, e il fuoco si era preso i suoi capelli. Tua figlia ci guardava atterrita da sotto la fiammata, come se chiedesse agli altri di portarle via quella cosa che le era montata sopra, quella bestia. Dopo poco, soffocato il fuoco, sventagliato via l'odore dalla stanza, abbiamo abbassato lo sguardo, e lì sotto c'eri tu, la bara chiusa in un sogghigno, il legno liscio e giallo, la prima impertinenza, la marachella estrema di quel fuoco. Tua moglie ha passato una mano sopra la superficie liscia, come a perdonartela, e gli altri si sono messi a ridere, la faccia spaventata. Ridevamo tutti, tua figlia con i capelli bagnati dal soccorso. Ridevamo perché un poco consolava farlo tutti insieme, non lasciare lei da sola con il fuoco. E ridevamo perché ridere fa rumore, e allora ridevamo in maniera più rumorosa, quasi maldestra, come in montagna si batte in terra con un legno per mettere in fuga i serpenti acquattati sul cammino. Avevamo gli occhi spalancati, e un po' ci guardavamo, un poco guardavamo te.

Prima della fiammata il tuo corpo se n'era stato inscatolato dentro dimensioni d'ordinanza, un feretro comune, niente a che vedere con la scatolina in cui poi saresti andato a rannicchiarti impunemente per l'inumazione al cimitero, il giorno dopo. Se ne stava issato a un metro dal suolo nella sala della biblioteca, al centro di Lisbona, quattro ceri ai quattro angoli del feretro e le fiammelle che davano un brivido a ogni corpo che passava. A guardarle bene, quelle fiamme, reagivano alla presenza di ciascuno in una maniera differente. Con alcuni non si muovevano affatto, immobili e reticenti, quasi immusonite, con altri si sbracciavano in un richiamo di desiderio o insofferenza. Ogni volta che tua moglie ti si avvicinava le fiamme prima s'inalberavano e poi di colpo si ammansivano, morbide e rassicurate, quasi fatte bambine, quattro fanciulle rosse di capelli a presidiarti. E per un attimo ti ho guardato, lì sollevato da terra, con le tue lingue di fuoco a dare disposizioni tutto intorno, anche in quel momento, nell'ultima ora, a voler organizzare, attizzare il fuoco, appiccare ancora un altro incendio.

Accanto alla tua bara in ostensione, acquattati dentro le vetrine, c'erano i libri della biblioteca. Stavano lì stipati e paralleli, tutti in piedi per la veglia, ciascuno col numero di catalogazione sulla costa, schiacciati contro i vetri per vedere le ultime ore del grande scrittore italiano che finiva. Stavano pigiati come dietro le transenne, in una compostezza innervosita, alterata dall'eccitazione e dall'ingiustizia di starsene dall'altra parte. A guardare bene si sarebbe anche potuta vedere l'opacità dei loro fiati sopra i vetri, minuscoli aloni circolari, piccole macchie di emozione e di esclusione. Per tutto il tempo che è durata l'ostensione sono entrate e uscite persone dalla stanza. C'erano i tuoi amici, quasi tutti arrivati da lontano. All'ingresso della camera c'era un cumulo di borse con gli adesivi delle compagnie aeree di tutto il mondo. Stavano lì in gruppo, schiacciate, alcune malconce, il mappamondo svirgolato dei tuoi affetti. Qualcuno ha parlato, facendo un passo avanti, schiarendosi la voce, sentendosela rompere in un punto in mezzo alla gola, tacendo e poi ritornando indietro in mezzo agli altri disposti a semicerchio. Altri hanno letto delle pagine, alzando di continuo la testa per far arrivare le parole fino a te, che ardevi tra le fiamme. E poi alla fine è arrivata tua nipote, che ha otto anni, si era vestita di bianco, e non ha avuto bisogno di spinte per parlare. Per un po' è rimasta senza dire una parola, appoggiata contro le gambe di sua madre. La bara le arrivava all'altezza degli occhi, era l'unica che ti guardava dritto in faccia. Quindi si è staccata dalla madre, dentro il suo vestito bianco, è andata verso il centro della stanza e con una voce chiarissima ha detto Mio nonno era un uomo libero.

Tre

C'è un romanzo di Simenon, *Il destino dei Malou*, in cui un figlio deve fare i conti con la morte di suo padre. Alain ha diciassette anni, e un giorno tornando da scuola incappa nel corpo di suo padre. Gli chiedono di riconoscerlo, e lui lo riconosce. Gli tocca, rovesciata, lo stessa certificazione, lo stesso riconoscimento, che era spettato al padre alla sua nascita. Eugène Malou si è sparato un colpo di pistola alla tempia dopo aver tentato invano di recuperare dei soldi per mandare avanti la famiglia. Uscendo dall'usuraio, scendendo le scale, ha sollevato la pistola, se l'è poggiata alla tempia e poi ha premuto il grilletto. Il suo corpo verrà poi riportato a casa, dove resterà fino a quando non sarà arrivato il momento della sepoltura. Durante la notte, e forse per più giorni, i vivi e i morti saranno sotto lo stesso tetto, e poi non succederà mai più. Il figlio non riesce a dormire. Sente dall'altra parte il corpo di suo padre poggiato sopra il materasso. Anche se la vita non lo abita più, è una presenza che fa invasione nella casa. È la morte che non lascia dormire chi resta. È la morte sdraiata nel letto del padre. Il figlio, inquieto, non riesce a prendere sonno. Si aggira per la stanza con la sorella che lo sbeffeggia. E poi però compie un gesto indimenticabile: si mette a dormire senza spogliarsi. Perché, dice, la morte in casa richiede pudore. C'è un galateo, un sentimento, una delicatezza, e anche una vergogna, nell'abitare da vivi la casa dei morti.

Anche se il tuo corpo ormai non c'era più, è così che siamo stati in casa tua nelle tre ore che hanno preceduto il funerale. Ogni tanto suonavano alla porta e qualcuno entrava. Tua moglie l'abbracciava e poi lasciava che si sistemasse dove preferiva. Io stavo seduto sul divano e li vedevo arrivare, uno dopo l'altro, camminare come in punta di piedi, vergognarsi della camicia non stirata, ravviarsi i capelli, guardare in terra. Si sbottonavano le giacche, salutavano gli altri con dei cenni o degli abbracci silenziosi, e se c'era qualcuno che non conoscevano, stringevano le mani e si presentavano con una voce trattenuta, quasi non volessero inzaccherare la stanza con l'imposizione della propria identità. Poi si andavano a sedere. E così stavamo disposti per la casa, in zone limitrofe, vicino alle finestre, sui margini di tutto. Ciascuno di noi, come per istinto, cercava il punto che più gli assomigliava, e restavamo immobili, una decina di camaleonti in cordoglio sparsi per la casa, tentando di sparire dentro il rosso del divano, nella carta da parati, nel fianco di una libreria, contro il frigorifero, contro il panorama di Lisbona. Eravamo come Alain Malou, vestiti fino al collo, attenti a non scomporci troppo in tua presenza. Tua moglie, sua sorella e i tuoi figli erano gli unici autorizzati a spostarsi liberamente per la casa. Qualcuno ha starnutito e poi ha chiesto scusa. Noi abbiamo appena alzato il muso e poi l'abbiamo abbassato, ciascuno di nuovo contro il proprio fondale.

Era la tua morte che se ne stava sdraiata dappertutto, e ci faceva stare immobili e aderenti sul limitare delle cose. Ogni volta che tua moglie apriva la porta della vostra stanza da letto, d'istinto qualcuno si voltava verso la luce che da lì irrompeva come cani sciolti per la casa. Poi la porta si richiudeva, i cani ritornavano dentro la stanza a far la guardia alla tua morte, e noi ritornavamo a cercare di non esserci. Dopo si è sentita una voce di uomo alzarsi più in alto delle altre, e insieme la voce di un altro uomo, allo stesso volume, che parlava con lui. Arrivavano dalla sala da pranzo. A distanza di qualche secondo l'uno dall'altro, si sono alzati tutti, e dai punti della casa che avevano scelto per andare a scomparire, li ho visti sfilarmi davanti silenziosi e composti, e raggiungere le voci. E quando poi sono arrivato anch'io, erano seduti tutti intorno al tavolo ovale. Al centro c'era un oggetto nero, la forma di una piccola piramide. Da lì usciva la tua voce, in portoghese, e la voce di un uomo che alla radio ti stava intervistando. Guardavamo tutti quell'apparecchio nero. La tua voce saliva su come fumo da un camino, ed eravamo dieci teste chine, e mi ricordo che una goccia di sudore mi è scesa giù lungo la schiena. Poi tu hai cominciato a tossire, e tutti ci siamo guardati, come se non fosse ormai troppo tardi per ogni colpo di tosse già tossito, e tua moglie ci ha guardati tutti sorridendo, come se volesse rassicurarci, dirci che quei colpi di tosse in fondo non erano niente di grave, perché poi tu ti schiarivi sempre la voce e riprendevi a parlare. Così hai fatto anche quel giorno, a poche ore dal tuo funerale al cemitério Dos Prazeres. Poi hai anche detto una cosa, che ora non ricordo, che ci ha fatti ridere tutti, anche se poi è finita la trasmissione, è partita la sigla, e nessuno si voleva alzare.

Quattro

Siamo usciti di casa per venirti a salutare. Entrando e uscendo dal giardino, tuo figlio ci sollecitava perché non arrivassimo in ritardo al cimitero. Noi a quel punto non eravamo più dispersi per la casa, non eravamo più al confino sul limitare delle cose. La tua voce che era uscita dalla radio ci aveva ricompattato, fosse anche soltanto per aver fatto un'esperienza – l'esperienza della tua vita dopo la tua morte – tutti insieme. Così adesso stavamo in piedi nei pressi della porta, pronti per andare. E a gruppetti ora ci si parlava, qualcuno azzardava sottovoce parole che non c'entravano con il cordoglio che ci univa. Erano commenti sull'albergatore, o su una persona in comune incontrata tempo prima, uno scambio fugace di numeri di telefono digitati sulla tastiera di un cellulare che poi di colpo spariva in tasca. Lo si faceva di nascosto, e non era tanto per non farsi vedere dai parenti stretti, quanto piuttosto per non farsi sorprendere dalla morte sdraiata dentro casa. D'istinto, infatti, per scambiarsi queste informazioni ci si metteva a tartaruga, come giocatori alle tre carte, coprendo clandestinamente il mal detto, o peggio ancora – nel caso dello scambio di biglietti da visita – il mal fatto. La tua morte ci guardava appesa alle pareti, da dentro foto incorniciate o lasciate libere sugli scaffali delle librerie. C'erano molte delle tue età disposte per la casa, i trenta, i quarant'anni, l'altro ieri. E ci tenevano d'occhio da sopra i tavolini, con le copertine dei libri che portavano il tuo nome. Dentro una copia di una tua raccolta di racconti era rimasta una matita, più o meno a metà. Sembrava ci fosse qualcuno acquattato lì in mezzo, a guardarci dal buio, la tua morte impertinente che ci teneva tutti quanti nel mirino.

Quando poi tuo figlio è venuto a dirci che era ora di andare, ci siamo trovati con le mani in mano. Per un attimo sembrava che nessuno di noi fosse più capace di fare niente, come se di colpo avessimo disimparato il camminare, mettere un piede dopo l'altro, varcare la soglia, scendere le scale di legno e uscire fuori in Rua do Monte Olivete, e da lì metterci in movimento verso il cimitero. Come se bisognasse ricominciare da capo, e tutti scendendo malfermi ci siamo appoggiati con la mano al muro. Sotto casa poi di nuovo siamo stati per un po' uno sciame sperduto in mezzo al niente, una turba di persone che non avevano più l'orientamento. Stavamo lì, qualcuno che guardava su, verso la Rua da Escola Politécnica, altri verso il fondo della via. Ma era come se fossimo venuti al mondo in quel momento, gli occhi di chi esce da un carcere, che si fa schermo con la mano per la luce, e di colpo quello che vede – il mondo – gli sembra per un attimo troppo grande per riuscire a muovercisi dentro, e forse anche troppo libero, e c'è un istante che gli viene da voltarsi indietro, non certo perché vorrebbe ritornare dentro ma perché quello che sta dietro ha misure conosciute. E invece questa cosa che ci si spalancava davanti, che era il sole, Lisbona, tutto il mondo, era di colpo sterminata, era un labirinto che ci riempiva d'incapacità, di inettitudine, e non ci avevi nemmeno lasciato un filo d'Arianna da tirare.

In tutto questo smarrimento, mi ero dimenticato anche di prendere la giacca, e così sono risalito in casa – o sono convinto di averlo fatto, non importa – mentre sotto ancora si dibatteva sui gruppi da formare, i taxi da chiamare, chi sarebbe andato in macchina con chi, e chi voleva arrivare fino al Prazeres a piedi. Sono rientrato in casa e ho recuperato la giacca sul divano, me la sono infilata. Andando verso l'uscita, mi sono fermato davanti alla porta chiusa della tua stanza, e di colpo mi è stato chiaro che la tua morte non era già più lì, se n'era andata. In cucina c'era la finestra aperta, si sentivano gli uccelli sugli alberi in giardino. Mi sono seduto al tavolo dove ti eri manifestato poco prima parlando in portoghese. C'era una tua foto in cui eri molto giovane, portavi i baffi. Tu devi essere lo scrittore a quarant'anni, ho pensato. Già, lo sono, ha risposto lo scrittore di quarant'anni. E tu chi sei?, ha domandato. Eh, questa è complicata, ho replicato con un po' di imbarazzo. Ma sono molto tempo dopo, ho trentasei anni e questa è casa tua. Che ci fai in casa mia?, è scattato lo scrittore di quarant'anni con la fronte corrucciata. Questa è ancora più complicata, ho risposto. Ma per te è tutto complicato, scusa? Sei una persona troppo complicata, mi sembra. Ma dimmi piuttosto: che anno è, in casa mia? Siamo nel 2012, ho detto a mezza voce. Il 29 marzo, per l'esattezza. Ho capito, ha replicato un po' perplesso. Hai ragione, è una faccenda complicata. Quindi tu sai già tutto? Tutto cosa?, ho risposto facendo il finto tonto. Tutto, non fare il finto tonto. Tutto quello che succede. No, non tutto, ho azzardato. Però sai come finisce, giusto?, mi ha chiesto quasi intimorito dalla domanda che faceva. E a me è venuto da dire allo scrittore di quarant'anni che non potevo rispondergli perché sotto c'erano delle persone che mi stavano aspettando, e non volevo fare tardi perché era una giornata delicata, per una faccenda in effetti troppo complicata da spiegare in pochi minuti. Non hai il coraggio di dirmi che finisce male?, mi ha chiesto sospettoso. Poi mi ha incalzato, provocatorio. Che c'è, fai il timidino? Ehi, timidino, allora mi dici per favore come finisce? È l'unica domanda che hai da farmi?, ho detto. No, certo, ma è la più importante.

E io ho risposto solo Finisce così. Sono stato un attimo davanti alla foto, e la foto non ha più detto niente. Così sono uscito e ho fatto i gradini a due a due rischiando di cadere, e oltre il portone c'erano tutti gli altri, e il sole è scoppiato come una granata.

Cinque

Un piccolo gruppo si era già avviato a piedi su per la salita, un taxi era arrivato e aveva caricato i primi quattro, quando in casa il telefono ha suonato. Ha suonato a lungo, o così almeno mi è sembrato. Prima ho guardato tua moglie, le ho cercato la faccia. Quando ho capito che non se n'era accorta ho iniziato a parlare. Mi sembrava di doverla proteggere da quell'incombenza, tirare su una cinta difensiva di parole tra lei e quel suono che si era infilato nella casa vuota. Le sono andato incontro, le ho detto qualcosa di poca importanza, le ho fatto scudo con il corpo. Quando il telefono ha smesso di suonare mi sono allontanato di nuovo, ho riattraversato la piccola Rua do Monte Olivete. Il muso della tua macchina intanto si è affacciato dalla salita del garage, l'abbaglio del sole sul parabrezza, e poi dietro il vetro la faccia di tuo figlio. Tua moglie è salita in macchina accanto a lui, si è allacciata la cintura di sicurezza e poi ci ha fatto un sorriso ripartendo. Lì davanti poco dopo siamo rimasti solo in tre. È stato in quel momento che il suono ha ripreso, e a quel punto però non c'erano che silenzio e vento, nella via, il primo per lasciare che quella chiamata si sentisse, il secondo per raccoglierla e lentamente poi portarla via. Potrei giurarci, questo sì, che dopo pochi squilli il telefono ha smesso di suonare, con uno squillo soffocato a metà. Come se qualcuno, lì dentro, avesse fatto pochi passi e alzato la cornetta.

E lì, guardando verso la tua finestra, mentre gli altri due prendevano la via della salita in cerca di un taxi per il cimitero, mi è venuto in mente un pomeriggio nella tua casa di Parigi, una telefonata che era arrivata nel mezzo di un discorso. Io ero seduto sul divano e tu camminavi inquieto per la stanza a piedi nudi, in pantaloni corti. Ti portavi il dito sul labbro inferiore e poi lo strimpellavi, lo arpeggiavi come fosse non labbro ma corda di chitarra. Lo facevi ogni tanto, quel gesto, come se potesse farti trovare la nota a cui accordare il resto del pensiero. Quando l'avevi trovata il dito se ne tornava giù insieme al resto della mano, e al posto dell'indice tra le labbra ci portavi il bocchino di plastica trasparente che avrebbe dovuto proteggerti dalla sigaretta. Intanto proseguivi con i tuoi ragionamenti andando avanti e indietro sul parquet, e schiarirti la voce era più una forma di punteggiatura nel discorso che non la neccessità di fare più limpida la voce. E poi aveva suonato il telefono, ti eri fermato e mi avevi guardato. Chi sarà?, mi avevi detto. Ti eri avvicinato al telefono, che stava sul tavolino accanto al divano, e abbassandoti gli occhiali sul naso avevi guardato il numero. Egitto, avevi commentato, e avevi alzato la cornetta. Buongiorno, avevi risposto in francese. No, mi dispiace, avevi proseguito, ma mio fratello non è in casa. È uscito per fare delle commissioni, dovrebbe essere di ritorno fra non molto.

Poi avevi conversato con la giornalista egiziana che avrebbe voluto fare un'intervista allo scrittore ma che si era dovuta accontentare del fratello. Era stato molto gentile, tuo fratello. Le aveva raccontato poco di te, in verità, anche se la giornalista, che avevi tenuto in viva voce, sulle prime aveva insistito per sapere qualcos'altro. Si era interessato più alla situazione politica dell'Egitto, e poi aveva scambiato qualche battuta sul carattere degli italiani e dei parigini. Io ti guardavo, fumavi e ti grattavi la fronte, trasfigurato. Poi ti eri aperto in una di quelle risate solo tue, con quella raucedine che rendeva più mefistofelico e bonario al tempo stesso il tuo umorismo. Ogni tanto ti schiarivi la voce, e poi avevi congedato la giornalista egiziana dicendo che se avesse chiamato dopo venti minuti tuo fratello sarebbe stato ben lieto di parlarle. Lei è stata tanto simpatica con me, le avevi detto prima di riattaccare. E la simpatia è il miglior regalo che si possa fare a una persona che neanche si conosce. Poi, come se nulla fosse ti eri alzato e avevi ripreso il discorso di prima, con me. Avevi ricominciato ad andare a piedi nudi avanti e indietro sul parquet cercandoti il labbro a ogni secca del discorso. Parlavi dell'ignoranza, mi ricordo. Se l'ignoranza fosse un vuoto, mi dicevi, sarebbe facile riempirlo di cose, di cultura, di civiltà. Ma l'ignoranza, caro mio, è un pieno. È un muro, e i muri si possono solo abbattere, oppure scavalcare.

Dopo venti minuti, puntuale, il telefono aveva suonato. Di nuovo ti eri fermato nel mezzo del discorso, di nuovo avevi controllato il numero, di nuovo avevi commentato – Egitto – e poi avevi risposto. Sì, certo, mi ha detto mio fratello, e avevi parlato come se nulla fosse, ripetendo anche qualche domanda fatta prima da lui. La giornalista egiziana, sempre in viva voce, aveva avuto solo una leggera titubanza, ma poi era andata avanti con naturalezza, come fosse la prima volta che riusciva a parlare con lo scrittore e non con suo fratello. Soltanto quando si era affacciata la tua risata di raucedine bonaria, aveva avuto un istante di silenzio interrogativo, quasi sospettoso, poi però aveva proseguito. Alla fine l'avevi salutata e avevi messo giù, promettendo che avresti riportato i suoi saluti anche a tuo fratello, che nel frattempo però era uscito per fare delle commissioni e sarebbe rientrato dopo poco. Ci eravamo guardati, tu avevi accennato un sorriso beffardo, ma nulla di più, e ti eri acceso un'altra sigaretta.

E in mezzo alla discesa di Rua do Monte Olivete, giovedì 29 marzo 2012, a poche ore dal tuo congedo per così dire ufficiale, sotto il sole che si era spalancato su Lisbona, in attesa di un taxi per il Prazeres, io sono certo, potrei giurarlo, che quando il telefono ha suonato, tuo fratello, mai registrato in nessuna anagrafe del mondo, ha fatto due passi dentro casa, e nel mezzo di uno squillo ha sollevato la cornetta e se l'è appoggiata contro l'orecchio. Su quello che ha detto, però, questa volta non posso garantire.

Sei

L'ultima tua telefonata mi è arrivata in un tardo pomeriggio di febbraio, dentro un centro commerciale, mentre cercavo un televisore da comprare. Ho visto il prefisso portoghese e ho adocchiato un punto in cui andare a rintanarmi per risponderti, in mezzo alla stroboscopia silenziosa degli schermi tutti accesi. Mi sono accucciato in un angolo misteriosamente disertato dalla calca, dove c'erano due tv enormi che passavano un film con un Omar Sharif molto anziano seduto al tavolo di un bar con un bambino. Quando ho risposto, dall'altra parte c'era una voce sottile, minuscola, che sembrava arrivare da un tempo che non era quello in cui stavamo. Ci eravamo sentiti soltanto un mese prima, eppure tra una telefonata e l'altra eri diventato di colpo centenario. Parlavi con fatica, separando ogni parola dall'altra col respiro. Quello che sentivo era il sibilo di una voce che non conoscevo, come se in quella china che stavi discendendo avessi preso quell'ultimo travestimento. Me ne stavo seduto in terra, con accanto la faccia sproporzionata di Omar Sharif e dentro il telefono la tua voce slabbrata, prossima a sparire. Tutt'intorno c'erano persone che andavano e venivano parlando di pollici, performance e tv satellitari. Hai sussurrato una frase che sembrava una domanda, e senza capire ti ho risposto che ero in una stanza piena di televisori. Ti sei messo a ridere, ed è stata una cosa che è partita piano e poi è diventata una slavina. Hai iniziato con la tua raucedine sarcastica e poi tutto è precipitato in una tosse che non finiva più, come detriti che ti salivano su dai polmoni per poi rovesciarsi fuori in quella ghiaia rabbiosa che sentivo.

Sei stato in silenzio per qualche secondo e dopo è ritornata quella voce sottile a dirmi che avevi appena finito una chemioterapia, che sì, ti sentivi debole, ma che insomma la vita ce l'avevi ancora tutta addosso. Premevo il telefono contro l'orecchio per riuscire a sentirti, ma non serviva a molto, tanto era flebile il tuo parlare. D'istinto chiudevo gli occhi, per trattenere la tua voce. Poi, quando li riaprivo, davanti c'era sempre la faccia invecchiata di Omar Sharif, e c'è stato un momento in cui, in quel centro commerciale, siete stati la stessa persona: da dentro il televisore mi dicevi che le terapie sono un argomento talmente noioso che non avevi più voglia di parlarne, e mi pregavi quindi di non farti più domande. Sono stanco di fare bollettini medici, mi hai detto scocciato. Io ti guardavo, nello schermo, straniero tanto quanto mi era straniera la tua voce, invecchiato tanto quanto lo era il sibilo che mi arrivava nelle orecchie. Intanto gruppi di persone continuavano ad andare e venire parlando di pollici, performance e tv satellitari, e l'altoparlante ha annunciato che nel giro di mezz'ora saremmo dovuti uscire tutti perché si stava avvicinando l'orario di chiusura. Quindi mi hai detto che parlare ti costava troppo sforzo, e che adesso era venuto il momento che lo facessi io. L'hai detto come se non fosse soltanto una richiesta di soccorso ma uno svezzamento. Era come se mi stessi consegnando le parole, come se mi stessi facendo scivolare attraverso il telefono, dall'altra parte dell'Europa, tutto il vocabolario, per poi dirmi una frase molto semplice Qui dentro c'è tutto quello che ti serve.

Con un filo di voce mi hai chiesto di parlarti di letteratura, e dopo sei stato in silenzio, pronto a prendere altre parole.

E così ti ho detto della mia rilettura di Gogol' e Dostoevskij, di come secondo me soltanto i russi – nemmeno il tuo Pessoa, ti ho detto – riescano a mettere Dio e la merda insieme, il paradiso e l'inferno, la razionalità e la follia sedute accanto, il raziocinio a spasso col delirio. Tu mi ascoltavi, e di colpo mi sembrava ti avessero spalancato le finestre, che finalmente potessi respirare. E così ho aggiunto una parola dopo l'altra, come se ogni parola pronunciata fosse un gettone messo dentro la giostra del tuo fiato. E mi sembrava di non dover smettere mai, per dare sollievo ai tuoi polmoni. Dopo Gogol' è stata la volta di Rilke, e poi di Flaubert, la letteratura che diventava il polmone d'acciaio estremo di quel tuo ultimo periodo di battaglia. Tu ascoltavi in una condizione di quasi beatitudine, ogni tanto ti sentivo schioccare le labbra, mugolavi, e sembrava di piacere. Intanto Omar Sharif, dentro lo schermo enorme che mi stava accanto, camminava con il bambino in cima a un belvedere, forse un altopiano greco, e di fronte a lui c'era un cielo blu spalancato. Chinandosi su di me con un po' di imbarazzo una guardia mi ha mostrato l'orologio. Gli altri erano quasi tutti andati via. E tu cosa stai scrivendo?, mi hai chiesto infine da quel tuo tempo lontano, da quella voce inventata per l'occasione. Salendo le scale ho iniziato a raccontarti la storia di un uomo che si era trovato una pulce dentro un orecchio, e che l'aveva adottata come fosse un qualsiasi animale domestico. Tu all'inizio facevi domande – E poi? – e dopo non hai più detto niente, io che ti rimboccavo la fine di quel giorno con quella storia che non sapevo se avrei mai finito, e poi le porte automatiche che si sono aperte al mio passaggio. Fuori è passato un tram, ha suonato, e quando ti ho detto Ho scritto fin qui, tu mi hai detto Poco male, la storia è piena di opere incompiute.

Sette

Raccontarti le storie per telefono, negli ultimi mesi che hai vissuto, era per me una specie di restituzione. Le tue telefonate arrivavano sempre molto tardi, dopo che anche l'ultima finestra della strada si era spenta, quando ormai ogni condominio taceva, e nelle case tutti si erano già lavati i denti e le madri avevano dato tre giri di chiave alla porta d'ingresso. Chiamavi quando arrivava quel momento della giornata in cui il tempo si spalanca, apre la bocca come la balena di Pinocchio e chi non dorme ci entra dentro volontario con il passo allucinato dell'insonne. Da dentro quel tempo spalancato tu chiamavi, e c'erano un po' di telefoni in giro per il mondo che cominciavano a suonare. Il fuso orario si accaniva contro alcuni, il telefono li sorprendeva in mezzo ai sogni. Ad altri, per puro privilegio di latitudine, concedeva il sollievo insperato di una chiamata che arrivava in pieno giorno. Telefonavi al numero di casa e non al cellulare, per un misto di comodità e sadismo, il conversare più disteso e però anche la convocazione del Signore della notte, a cui a chi abita quel tempo scoperchiato non è dato di sottrarsi. Per questo ti si rispondeva ai primi squilli, e poi nelle mogli, nei figli, e forse persino nei vicini, restava il ricordo vago, mescolato al sogno, di quei suoni nel mezzo della notte, le teste tirate su e poi crollate giù di nuovo, le facce affondate nei cuscini.

Quando rispondevo trovavo la tua voce calda e rallentata, come sospesa dentro un silenzio scontornato. Chiamavi da lì, da dentro la balena, e sembravi uno a cui il mondo si era acciambellato docilmente ai piedi, e tu gli davi qualche carezza di tanto in tanto tra una sigaretta e l'altra. Entravi subito nel mezzo del discorso, come se non si potesse fare altro. Ed era da quel punto galleggiante in mezzo al mare che mi raccontavi delle storie, che mi leggevi i neoplatonici, Balzac o l'inizio di un tuo racconto. Ogni tanto poi mi dicevi Aspetta un attimo e sparivi per un po'. Ti sentivo muoverti, qualche volta ti alzavi canticchiando, e per un po' non arrivava più nulla, soltanto l'eco di quel niente da cui chiamavi, che al telefono sembrava più sconfinato ancora del silenzio che nella notte lo riempiva. A volte mi capitava anche di assopirmi, mentre tu parlavi. La tua voce si infilava nei sogni e usciva di bocca a qualche amico o parente inopportuno, che con la nostra conversazione non c'entrava proprio niente, e allora mi risvegliavo e saltavo in corsa sopra il treno in transito del tuo discorso. Poi cercavo una scusa per sganciarmi, ed era la parte più difficile, perché a quel punto tu tiravi la corda, infilavi un argomento nuovo, dicevi Non dirmi che vuoi andare a dormire, cominciavi con il contropiede dell'interrogatorio. Io non cedevo, e ti dicevo che la notte mi aveva schiacciato a terra, e tu ogni volta mi rispondevi che la notte non uccide. Ma alla fine poi ti rassegnavi e mi dicevi sempre Allora addio e buonanotte a tutti.

Qualche volta però, in quelle telefonate notturne, la tua voce era come un rumore di vetri rotti a ogni parola che dicevi, piatti lanciati in terra in mezzo alla cucina. In quei casi io stavo in silenzio, per tutta la rabbia che avevi da sfogare. L'Italia che a vederla da lontano ti faceva soffrire ancora di più, di disgusto e d'impotenza. E non essere nemmeno uno scrittore in esilio, ma solo uno che se n'è andato, che per schifo non riesce più a tornare, e lungo la colonna vertebrale sente tutto il sisma della lontananza. La schiena che non ti dava tregua, il dottore ti aveva detto di nuotare e tu non lo facevi. E poi c'era il caldo che non sopportavi, e le mosche e le zanzare. La tosse, in quelle notti, si confondeva in mezzo ai latrati, si mangiava le parole che dicevi. Di colpo poi smettevi di parlare, ti sentivo respirare forte, ti sapevo dall'altra parte del telefono con le palpebre scese sugli occhi per metà, la sigaretta appesa al labbro, sconfitta dalla forza di gravità. E ti conoscevo gli occhi, che si spegnevano, quasi si incrociavano cercando di annullarsi. Era in quei momenti, e solo in quei momenti, che potevo sfilare qualche parola e passartela come un fazzoletto dall'altra parte dell'Europa. Tu mi ascoltavi respirando forte, prima pieno di rabbia, poi ti abbandonavi. Cercavo di parlarti lentamente, di disegnare una strada di parole, di sbriciolarci sopra l'alfabeto, perché in mezzo a quello smarrimento tu seguendole potessi ritornare a casa. Ma alla fine non ci riuscivo mai, a toglierti dalla schiena il peso del mondo, anche se per qualche tratto mi illudevo di esserne capace. Quando poi abbassavi la cornetta lo facevi senza quasi nemmeno salutare, qualche parola trascinata e poi più niente. Io me ne restavo col telefono in mano a sentire gli squilli tachicardici della linea interrotta. Così ti restituivi al niente, in quelle notti, dopo quelle telefonate andate a male. Te ne tornavi al silenzio furioso da cui eri venuto, e io sapevo che dentro la balena ricominciavi a perdere l'equilibrio, a ciondolare, mentre intorno il mare non dava tregua, e chissà la tempesta che cosa ti avrebbe ancora riservato. E poi quando la mattina dopo tua moglie si svegliava, ti trovava spiaggiato nel letto accanto a lei, e prima di andare a farsi il caffè apriva un po' la finestra, faceva entrare l'aria.

Otto

Tua moglie mi ha scritto in un messaggio che la tua fiamma si stava sempre più rimpicciolendo, eri ormai soltanto l'accenno indeciso di un fuoco già passato. Mi ha svegliato in mezzo alla Germania, il suo richiamo, la vibrazione del telefono con dentro quelle parole disarmate. Per settimane aveva cercato di farti da scudo, io che volevo salire su un aereo e volare in Portogallo, tu che non volevi, e lei che si faceva ambasciatrice del divieto. Non volevi che ti vedessi per com'eri diventato, la magrezza, la fatica, il non riconoscersi allo specchio. Ti sottraevi a tutto per lo sfinimento che ti provocava la lotta contro i farmaci, te li sguinzagliavano dentro il corpo perché facessero razzia dell'intruso, ti mettevano il sangue a ferro e fuoco. Da fuori ne potevi sentire i latrati, la ferocia assassina. Poi sul campo di battaglia lasciavano anche te, vittima collaterale di quella guerra in corso tutti i giorni senza tregua, colpito per sbaglio anche l'unico che volevano salvare. Così tu ti sottraevi, tua moglie ti teneva al riparo dal mondo, e tu smagrivi, ti trovavi una faccia che non volevi indossare. Perché non eri tu che la sceglievi, era la morte che ti metteva addosso la sua maschera di carnevale. Ti obbligava a una vestizione che non avevi chiesto. Ti costringeva a startene in piedi, completamente nudo, tirare su le braccia, lasciare che ti prendesse le misure. Ti chiedeva di voltarti, e a te non restava altro che girarti e fare quello che diceva, rassegnarti a essere il suo zimbello con le spalle curve di pudore. E poi fare la giravolta, e poi farla un'altra volta, fino a quando ti montava in faccia la maschera finale. Allo specchio vedevi il pallore di una smorfia, e un sorriso che era come un crampo, ed era anche tante altre cose ma era comunque il sorriso di un altro.

Poi quel messaggio sul telefono, che era una resa di tua moglie alle mie insistenze per venirti a trovare. E soprattutto era una resa più grande, e impossibile da accettare fino in fondo: che quella faccia che ti avevano montato era quella con cui te ne saresti andato via, l'unica omologata e ammessa dalla morte, che vuole tutti in maschera incolonnati per l'ultima parata, teneri e ridicoli, indifesi e grotteschi in fila indiana, a voltarsi di continuo senza fare più domande. Tutti lì, nudi, a guardarsi la nuca l'un l'altro, a fissare la schiena di chi è avanti di un passo, e le natiche, e fare attenzione a non inciampare, e poi la morte che passa e ridà forma alla fila, lancia un urlo, e tutti che si stringono un po', la guardano da dentro le maschere e poi riprendono il cammino.

Di colpo, in quell'albergo di Colonia ricavato dentro un acquedotto, mentre fuori pioveva, mi sono venute in mente le madri dei soldati, durante la Seconda guerra mondiale, che per anni aspettavano di vedere i corpi dei figli morti in guerra. Tutti i giorni aspettavano, andavano in caserma a chiedere notizie e poi tornavano a casa senza niente, senza una parola ricevuta. Giorno dopo giorno gli aerei ne scaricavano a decine, di morti, di deliranti, e le loro madri e i loro padri andavano a dargli l'ultimo saluto. I più fortunati gli vedevano ancora gli occhi aperti, raccoglievano uno sguardo che poi per anni li avrebbe torturati. Quelli che arrivavano troppo tardi, almeno riuscivano a congedarsi, riempivano i saluti di rabbia e di rimpianto. E poi c'erano – appunto – quei genitori che i corpi dei figli non li vedevano mai. Lì, dentro quell'albergo di Colonia, quando ho saputo che la tua fiamma si ritirava sempre più verso lo stoppino, ho pensato a quei padri e a quelle madri diventati inconsolabili per non aver dato l'ultimo saluto. Alcuni impazzivano, e per tutta la vita restavano con la testa spalancata. Li vedevano ciondolare per i paesi, e di loro si diceva che erano andati a vivere da un'altra parte, non più su questa terra. Un giorno traslocavano dentro la propria ossessione. Lì, dentro la testa, viveva ancora quel figlio che non erano riusciti a salutare. Ed è proprio in quel momento che diventavano matti, perché con un saluto ancora aperto, dicevano, senza l'ultimo congedo, l'uomo può arrivare alla follia.

Per questo ho deciso che dovevo salutarti. Ho acceso il computer, ho cercato un volo il prima possibile, il tempo di tornare in Italia e poi da lì raggiungere Lisbona. Ho scelto il giorno, l'ora, e ho lasciato gli estremi della carta di credito per il pagamento. Tutte le volte poi cadeva la connessione, e allora ricominciavo da capo, e di nuovo sceglievo il giorno, e di nuovo sceglievo l'ora, e di nuovo poi lasciavo gli estremi della carta di credito. E quando alla fine ce l'ho fatta, sullo schermo è comparsa una scritta che si complimentava con me, perché l'operazione era stata completata con successo. Quindi ho scritto a tua moglie. Le ho scritto il giorno e l'ora del mio arrivo. Ma lei non ha risposto. Non mi ha scritto che era contenta. Non mi ha scritto – nemmeno – di non farlo, perché se fossi arrivato mi sarei trasformato di colpo nella morte stessa, atterrata con la falce all'aeroporto Portela di Lisbona. Non ha scritto niente. Semplicemente non ha risposto: è rimasta fedele al tuo divieto. E però ha lasciato che lo facessi, si è voltata, ingannando, consapevole, la sua stessa fedeltà.

Nove

La sera poi – a Colonia – sono salito su un palco, e la giornalista che era seduta accanto a me mi ha chiesto qual era stato il momento più difficile, nella scrittura del libro che stavamo presentando. Le ho risposto che c'erano state settimane in cui ero finito in balìa del mio personaggio. Non ne voleva sapere di fare alcunché. Il suo rifiuto perentorio mi gettava in uno sconforto senza scampo. Ero a Parigi, ai tempi di quella scrittura. Stavo chiuso in una mansarda, al settimo piano, e fissavo lo schermo del computer desolato. Per più di un mese ero stato la vittima del mio personaggio. Dopo le prime venti pagine, secondo i miei piani, sarebbe dovuto partire per la Russia. Eppure per la Russia non voleva saperne di partire. Mi alzavo la mattina, cominciavo a battere sulla tastiera, e quando era sera il mio personaggio era ancora fermo nello stesso punto, senza i bagagli fatti e senza aver annunciato nemmeno l'intenzione di andar via. Ero arrivato a fargli delle suppliche, la sera, prima di dormire. Era diventato il mio dio recalcitrante, un dio viziato e infantile, dispettoso e sadico, di fronte a cui mi inginocchiavo a mani giunte. Una mattina avevo preso a insultarlo a voce alta, e quando una signora, proprio in quel momento, aveva bussato alla porta della mansarda per chiedermi una cortesia, io le avevo aperto e lei aveva guardato dentro. Vous êtes tout seul?, aveva chiesto sospettosa.

Lì, su quel palco di Colonia, mentre tu eri nel tuo letto d'ospedale, io raccontavo tutto questo. E così, per sentirmi più vicino, avevo parlato di te e avevo raccontato un episodio che non saprei nemmeno dire con certezza se sia successo per davvero. Così avevo raccontato che una di quelle mie sere parigine mi avevi telefonato, e mi avevi invitato a cena, in rue de l'Université. Lo facevi spesso, e spesso io accettavo. Arrivavo, mangiavo e con l'ultimo metrò tornavo a casa. Con un po' di imbarazzo invece quella sera avevo declinato l'invito. Ero troppo in difficoltà: la guerra in corso con il mio personaggio mi stava sfiancando. Uhm, questa è una faccenda seria, mi avevi detto – o così raccontavo alla platea tedesca che mi ascoltava. Mi dai il numero di telefono di questo signore, per piacere?, avevi aggiunto. Quindi avevamo messo giù e dopo poco avevi chiamato. Senta, signor personaggio, avevi detto, mi dicono che lei è un po' recalcitrante, se l'aggettivo non la offende. Ma la Russia, le assicuro, è un posto carino e potrebbe essere un'occasione per cambiare aria. Ci pensi, mi dia retta. E mi scusi ancora una cosa, signor personaggio, avevi concluso, io non so che gusti abbia lei. Ma se le va una pastasciutta all'italiana, e uno champagne alla francese, sarei contento di averla a cena. Si metta la giacca, per favore, e si porti dietro il suo compare.

Dieci

Eppure anche negli ultimi mesi qualche tua mail arrivava nella notte. Ti sapevo stanco, a dicembre mi avevi scritto che ogni sforzo ti procurava dolori violentissimi, anche scrivere al computer. La postura, le mani sopra la tastiera. Il dolore, quando ti aggrediva, ti faceva anche sudare. Eri tu che facevi la lotta contro te, tu che cercavi con ogni sforzo di tenerti fuori, ma alla fine la malattia, che era più forte e più determinata, metteva sempre il piede nella porta e poi entrando ti sbatteva a terra grondante di sudore. Era lì che subdolo interveniva l'antidolorifico, il complice insidioso del tuo male, che ti portava in un angolo e ti parlava piano e con dolcezza mentre l'altro si prendeva casa tua come ne fosse l'unico padrone, metteva i piedi sul divano, il frigo aperto, l'armadio a soqquadro, e la notte giaceva con tua moglie. Però in quell'angolo di sollievo chimico e di finzione palliativa almeno un poco respiravi, ben sapendo che tutto il resto comunque andava avanti. In qualcuna di quelle notti raggiungevi il computer e scrivevi tante o poche righe, qualche volta tutte in maiuscolo. La mattina poi le vedevo arrivare, le tue mail che cadevano giù con un tintinnio, come le palline di plastica con la sorpresa delle macchinette, che infili la moneta, giri la manopola e lei scende giù. Io le guardavo, prima ancora di leggerle, e pensavo a una cosa che scriveva Cioran nei suoi diari, e cioè che ogni parola è una vittoria contro lo sconforto. Mi stavano davanti tutte insieme, sfinite e vittoriose, le parole, con la faccia di chi ci aveva gabbato un'altra volta, mentre noi dormendo non le vedevamo avanzare, lemme lemme, nella notte. COMUNQUE, PER QUANTO POCHE, LA VITA LASCIA ANCHE ALTRE OPZIONI, c'era scritto una mattina dentro la pallina di plastica.

Le tue parole spesso venivano fuori nella notte, come fiori al rovescio, che avevano bisogno del buio per aprirsi. La mattina, quando la luce gonfiava metro dopo metro la città, le parole si richiudevano e le mettevi via, le riponevi in bell'ordine dentro le borse sotto gli occhi. Ogni tanto provavi anche a convincermi a scrivere in piedi, per andare in soccorso della schiena. Purtroppo noi scriviamo, dicevi di tanto in tanto, invece di fare una vita più consona al benessere. Tu ci avevi pensato troppo tardi, e ormai la schiena se n'era andata per i fatti suoi, la colonna infame era tutta storta, sembravi un brigidino venuto male. Però ora quel metodo della scrittura verticale era una consolazione, anche se tardiva, e con la rincorsa di più di trent'anni di vantaggio mi consigliavi di applicarmi pure io. È sufficiente trovare in casa un mobile che sia all'altezza giusta, e appoggiarsi sopra e dare il nulla osta alle parole. Me li mostravi anche, quei mobili, alla Comporta, la casa al mare in Alentejo, e mi facevi vedere, prendendoti un po' in giro, la postura dello scrittore verticale, che per chi passa sembra sia lì soltanto di passaggio, fermo nell'attesa, e invece quell'attesa magari dura ore, o una notte intera, fino alla mattina. L'unico mobile che si adattava alla mia altezza era il frigorifero. Ci eravamo messi a studiarlo, un pomeriggio, e avevamo stabilito che era proprio quel che ci voleva, per via anche del ronzio che mi avrebbe fatto compagnia, e della mia fame leggendaria che avrebbe trovato soddisfazione immediata aprendo lo sportello. Poi durante il giorno lo guardavamo con molto più rispetto, quell'elettrodomestico ingombrante, controllavamo che non avesse nulla, dentro, andato a male.

Proprio alla Comporta una notte ci eravamo dati il cambio sul crinale tra il buio e il giorno dopo. La prima a ritirarsi era stata tua moglie, e poi per qualche ora eravamo rimasti solo noi due nella veranda. Tu leggevi *I sonnambuli* di Broch a voce alta, fumavi, e io che un po' ascoltavo te e un po' sentivo l'aria dell'oceano che ci arrivava fino alle caviglie. Poi ero crollato e ti avevo lasciato lì fuori, a presidiare il resto della notte. E però dalla stanza vedevo la tua ombra, eri piegato sul tavolo e scrivevi, da bravo brigidino impenitente. Ogni tanto qualche scoppio di tosse esploso in mezzo alla veranda mi svegliava, aprivo gli occhi, vedevo l'ombra deformata sopra il muro e ricrollavo. E quando poi al mattino mi ero alzato, che era poco dopo l'alba, ero uscito fuori, avevo poggiato il computer sul tavolo per iniziare a lavorare. In un angolo avevi impilato i libri che stavi leggendo, e un quaderno con una penna messa in mezzo. Su un foglietto c'era scritto: IL FRIGORIFERO HA CHIESTO NOTIZIE DI TE. Nel posacenere c'era una sigaretta che ancora non aveva finito di fumare, un filo che saliva su. Avevi fumato molto, nella notte, ed eri andato a dormire da poco. Prima di sedermi al tavolo avevo aperto il frigorifero, mi ero versato del succo di frutta, lo avevo bevuto stando in piedi. Poi lo avevo richiuso, accompagnando la porta con la mano.

Undici

Dentro una di quelle notti sull'oceano mi avevi chiesto che ti raccontassi un romanzo di cui in testa io avevo soltanto confusione, e sulla carta non una parola ancora scritta. Eri venuto a prendermi in macchina ad Alcácer do Sal, in mezzo all'Alentejo, io che ero arrivato lentamente in treno da Lisbona. Al telefono mi avevi detto Potrà sembrarti prosaico come luogo, ma devi cercare il tuo Destino sul cartellone delle partenze. Ti assicuro, caro mio, che il destino è sempre prosaico, avevi aggiunto, è solo questione di star comodi, trovare una buona compagnia e un posto da cui si veda bene il panorama. E così avevo fatto, cercando la mia destinazione sulla lavagna elettronica della stazione di Lisbona, un Destino incolonnato sotto l'altro, ciascuno con il proprio orario, l'eventuale ritardo, e un marciapiede su cui stare ad aspettarlo. Dopo poco più di un'ora ero sceso dal treno in un luogo bianco, abbacinante per il sole. Avevo sceso i gradini al contrario, come ci si cala in piscina aggrappati alla scaletta, io che mi immergevo di spalle dentro quella luce che aveva allagato il Portogallo. Tu eri fuori dalla stazione, un paio di pantaloni corti, e sopra gli occhiali una protesi di lenti scure pinzate sulla montatura. Quando mi hai visto le hai tirate su a visiera, come se fosse un piccolo numero da circo, una magia come comitato d'accoglienza. Poi hai allargato le braccia per aprirmi la strada nell'abbraccio. Insomma, mi hai detto, poteva esserci destino peggiore di questo, non trovi? Hai indicato tutto intorno e poi hai puntato il dito verso il cielo, che era di un azzurro che non lasciava spazio a titubanze, come se l'insieme, ovvero tutta quella bellezza esposta lì per i miei occhi, fosse una tavola che mi avevi apparecchiato.

A casa eravamo stati lì a non fare niente, quasi soltanto a nasconderci dal sole. Tua nipote voleva andare al mare a fare il bagno e lo ripeteva senza mai stancarsi, lasciando che la voce alla fine della frase ripartisse in automatico, ogni volta come per la prima volta. Ma tu le avevi detto di mostrarmi il suo teatrino perché mi sarebbe piaciuto, e lei dopo essere corsa via era ricomparsa spingendo un piccolo teatro con le ruote. Era una cornice in legno con un sipario rosso fuoco. Quando aveva tirato il cordino il sipario si era aperto e dietro c'era lei che sorrideva. Ci aveva guardati con una specie di malizia che le cambiava il viso, nella certezza assoluta di averci colto alla sprovvista. Benvenuti a teatro, aveva detto. Noi l'avevamo salutata, di rimando, e l'avevamo ringraziata per l'invito. Poi tu le avevi detto che io ero venuto dall'Italia proprio per vedere lo spettacolo sulla bambina che va a fare il bagno al mare e fa vedere a tutti che sa già come si nuota. Lei aveva splancato gli occhi, del tutto impreparata, con un sorriso che le si increspava sulle labbra ma a cui non voleva darla vinta. Così aveva guardato la mamma, oltre le quinte del teatrino. Ma come ci si veste al mare?, le aveva chiesto la mamma. Tua nipote, prima le aveva risposto che non eravamo al mare, e poi, scoperta clandestina dentro la finzione, era scappata via per tornare poco dopo con il suo costume blu. Prima di iniziare, però, per verosimiglianza, aveva preteso che le si spalmasse un po' di crema, perché in riva al mare il sole è più violento e non fa sconti. Poi finalmente si era fatta un bagno lungo, con i tuffi, le capriole, e un'apnea lunghissima, che quasi ci aveva spaventato. Non c'era stato nemmeno bisogno di prendere la macchina, che era rimasta all'ombra parcheggiata, e quando tua nipote era uscita dall'acqua il sipario si era chiuso e ci eravamo seduti a tavola a pranzare.

La sera, quando tutti erano già a letto, eravamo rimasti nel patio. Tua moglie si era affacciata, e quando ci aveva visti parlare così fitto ci aveva solo salutato, augurato la buona notte, e dopo si era ritirata spegnendo la luce in cucina. Aveva lasciato accesa solo quella sopra i fuochi. Era stato in quel momento che tu mi avevi chiesto di parlarti del romanzo che stavo scrivendo. Io ero tornato da poco da un lungo viaggio in Russia che era stato difficile e faticoso, in cui per tutto il tempo mi ero chiesto perché mai ci fossi andato, che cosa avessi a che fare io con quello che mi succedeva, che cosa ci avesse a che fare, soprattutto, il romanzo che avrei voluto scrivere. Ero tornato con una confusione da cui non riuscivo a venir fuori, che mi portavo dovunque andassi, come se mi fosse rimasta incollata sotto i piedi. E poi c'era stata quella tua domanda – Mi racconti il tuo romanzo? –, e non ci conoscevamo ancora a sufficienza per dirti che non avevo ancora scritto niente. Ci provo, ti avevo detto, e tu avevi chiuso gli occhi, mettendoti comodo contro lo schienale. Fuori c'era la notte, e il vento che faceva la ronda strofinandosi sui muri, di guardia a quella casa nella campagna alentejana. Poco più in là, in mezzo al patio, era rimasto il teatrino di tua nipote. Ci aveva giocato ancora un poco, dopo pranzo, poi però aveva preteso l'altro mare, quello in cui il costume si bagna e resta il sale sulla pelle. Guardando quel teatrino abbandonato, col sipario mezzo aperto e mezzo chiuso, avevo inventato un romanzo solo per te, un apocrifo mai scritto, che due giorni dopo avrei dimenticato. Tu avevi aperto gli occhi, mi avevi guardato. Ma tu hai le idee sempre così chiare? Poi li avevi richiusi.

Dodici

Quando ero ripartito, pochi giorni dopo, c'erano le tre donne fuori a salutarci, tua moglie, tua figlia e tua nipote. Stavano l'una accanto all'altra, matrioške saltate fuori per il tempo dei saluti. Avevi voluto a tutti i costi portarmi in macchina a Lisbona, saresti tornato indietro dopo qualche giorno. Quando avevi annunciato quello che tu chiamavi il tuo servizio taxi, tua moglie ti aveva controllato la faccia e ti aveva chiesto se eri sicuro di sentirtela. Ma certamente, avevi risposto. Questo è il mio lavoro, il signore ha chiamato, e quando chiama il signore, si va. Tua moglie aveva guardato prima te e poi me, e si era messa a ridere, come se la tua ironia in quel momento avesse legittimato tutti a non prendere il mondo come un posto troppo serio, e quindi tantomeno la tua schiena, il caldo, la strada, o il dolore che ti avrebbe visitato. Quindi era venuta, mi aveva abbracciato, e mi aveva detto Grazie. E dentro quel ringraziamento c'era lo stupore, sempre uguale, per la scatola magica degli imprevisti, il tuo umore che prima del mio arrivo era cupo, i tuoi scatti d'ira, i capricci, i buchi neri, e dopo un giorno che stavo lì con voi si era rovesciato nel contrario. Io quel vento incarognito che ti soffiava dentro l'avevo sentito fischiare appena eravamo arrivati alla Comporta, le tue risposte secche, il tiro al piattello dei rimbrotti, l'ironia affilata a sarcasmo. Avevo posato le valigie in camera, mi ero seduto sul letto con un respiro lungo e poi ero tornato fuori insieme a voi. Quindi avevo tentato di aprirti un piccolo foro, con cautela e con paura, per lasciare uscire, sibilando, quel vento di buriana. Così avevo fatto sfiatare a poco a poco il vaso di Pandora, senza che il contenuto ci travolgesse tutti. E solo quando si era svuotato, quando l'aria che c'era dentro si era mescolata al vento alentejano e il vento alentejano l'aveva deviata verso il mare, solo allora avevo tolto il coperchio del vaso, e sul fondo ormai era rimasta soltanto la Speranza. Tu l'avevi tirata fuori con la sorpresa e il godimento di chi prende l'ultimo biscotto.

Le tue tre donne ci avevano guardato partire agitando le mani, tua nipote in braccio a tua moglie e tua figlia poco più in là, con gli occhiali da sole, che aveva già iniziato a recuperare le cose che tua nipote aveva disperso per il patio. A Lisbona eravamo arrivati che era già buio, una coda sul ponte sopra il Tago, e l'acqua che rimandava indietro come lampi le luci che lo illuminavano. Per tutto il tempo avevi guidato con la tua guida disarticolata, voltandoti a parlarmi, gesticolando ampiamente con la mano, sollevando e poi tirando giù la protesi scura degli occhiali. Sembravi uno di quei cowboy che montano per sfida indomabili cavalli senza sella, e cercano di rimanere in groppa il più possibile aggrappati alla criniera. E così guidavi tu, aggrappato al volante, in quella tua maniera inventata, in groppa al tuo destriero, e io che ti venivo dietro assicurato alla cintura. Poi per un pezzo della notte mi avevi portato su e giù per le strade di Lisbona, i sobbalzi della macchina, i sensi vietati presi a caso, e ci eravamo fermati vicino al Chiado ed eravamo scesi a camminare. Dopo un po' io ero tornato indietro, perché avevo dimenticato il portafogli in macchina, e tu avevi proseguito a piedi. Poco più avanti c'era la statua di Pessoa col cappello, seduto al tavolino del bar, le mani consumate dalla devozione dei turisti di passaggio. Avevo chiuso la macchina ed ero corso indietro, e quando avevo raggiunto il Chiado non ti avevo visto, la piazza tutta vuota, i tavolini dei bar dismessi per la notte, le sedie impilate. Ero stato fermo a voltarmi tutto intorno, tu che ti eri dissolto chissà dove. E quando già avevo preso il cellulare per chiamarti, eri apparso di colpo in mezzo alla piazza. Ti avevo visto uscire dalla statua di Pessoa, come se per tutto il tempo che non ti avevo visto fossi stato chiuso lì e poi in quel momento ne fossi venuto fuori e ti fossi incamminato per la via. E ti avevo guardato allontanarti da quel corpo in bronzo da cui eri sbucato, partorito in mezzo a una notte lusitana. Avevo fischiato per chiamarti, in maniera maldestra, troppo forte per quella notte, per qualsiasi notte. Tu ti eri voltato di scatto. Scusa, ma dove accidenti eri finito?

Quando poi il giorno dopo ero atterrato in Italia avevo acceso il cellulare, e c'era un tuo messaggio. Mi dicevi che in Portogallo si sentiva in maniera molto netta che ero passato per di là. Si sentiva il mio odore. E poi mi scrivevi un verso di Rilke, dai *Sonetti a Orfeo*: Mi riconosci, aria, tu piena ancora di luoghi un tempo miei? Chiudevi dicendo Non sparire.

Tredici

Gli ultimi mesi le tue mail erano soltanto dei referti, poche righe scritte l'una sotto l'altra e poi liquidate premendo il tasto Invio. A volte erano scritte in maiuscolo dall'inizio alla fine. Le parole si raccoglievano in gruppi di lettere impaurite pigiate le une contro le altre, immobili e atterrite di fronte a chi poi le avrebbe giustiziate. Io cominciavo a leggerle e in pochi istanti ne ero già finito fuori, scivolato oltre il saluto. In mezzo ci stavano la chemioterapia, i ricoveri, il letto d'ospedale, la fatica di provare ad accettare il corpo non soltanto come un nemico pronto a uccidere, non soltanto come uno che ha tradito, un doppiogiochista, uno passato dall'altra parte a fare da complice alla morte. Quelle mail erano dolore sterilizzato, messo sottovuoto e poi spedito dall'altra parte dell'Europa. Io maneggiavo le tue parole cercando di trovarci almeno una ferita, una qualche fessura a cui avvicinare gli occhi per vederti, anche se debilitato e sofferente. Eppure la fessura non c'era da nessuna parte. Le parole che inviavi erano parole senza ferite, asserragliate dentro una corazza come tartarughe spaventate. Di colpo della morte non ti fidavi più. Prima la convocavi di tanto in tanto per gioco. Le lasciavi il posto a tavola, l'ironia di scambiarci quattro chiacchiere a fine pasto, e poi ciascuno a casa propria. E se passando per andare a dormire trovavi la sua falce abbandonata in qualche angolo, gliela mettevi da parte con una qualche tenerezza. Prima o poi sarebbe ritornata e allora le avresti tirato le orecchie, le avresti detto che la smemoratezza è prerogativa della vita, non di professionisti del trapasso come lei. Adesso, invece, d'improvviso le chiudevi la porta a più mandate, e perlustravi la casa di continuo a caccia di relitti. Non volevi più trovare niente di suo. Così la vita, sgomenta, si ritirava dentro il carapace, e le parole partivano senza di lei, con la cassa vuota, spedite come messaggere e arrivate a destinazione come pietre.

Con quelle pietre io non sapevo cosa farci, le mettevo da parte con la cura di un collezionista, una teca che raccoglieva tutto il tuo decorso, dai macigni ai sassolini buoni giusto per dar fastidio nelle scarpe. La prima pietra era quella che la morte aveva scagliato contro te tradendo la fiducia con cui le passavi un po' di tutto quel che avevi, ovvero parole, sentimenti e tempo. Me l'avevi mandata una sera, accompagnata solo dalla frase MI SONO AMMALATO, e dall'annuncio di una terapia per aggredire l'invasore. Al fondo, prima dei saluti e del tuo nome, c'erano quattro parole, mandate a capo, separate dal resto che le precedeva. E POI SI VEDRÀ. Io l'avevo raccolta e da lì era iniziato quell'ultimo collezionismo, che era anche l'unico modo per provare a capire dove fossi. Me le rigiravo tra le dita guardandole come uno scienziato al microscopio, ogni sassolino era il mappamondo su cui speravo di vederti comparire con la tua camminata sghemba. Qualche volta mi era sembrato di intuirti, la sigaretta, i piedi nudi e la tosse d'ordinanza. Ehi, timidino, mi avevi detto attraversando a grandi falcate quella piccola curvatura terrestre. Timidino, dico a te. Che ci fai lassù nello spazio? Io avevo avvicinato l'occhio. Non mi venire addosso, però!, avevi urlato. Poi, di fronte al mio imbarazzo avevi detto: Senti, timidino, tu non parli e io mi annoio a morte. Per cui ti saluto, che qui c'è un sacco di lavoro da fare. Ma tu – ti prego – smettila di stare sempre così con i piedi per terra che non sei affatto divertente. Quindi avevi fatto un salto oltre la linea dell'orizzonte, e non ti avevo visto più. Così avevo riposto la pietra insieme alle altre, e a guardarle tutte insieme non erano altro che sassi, pezzi di mondo venuti via, crosta terrestre consumata dal tempo, e dopo sgretolata. Così prendevo il telefono e provavo a chiamarti, ma il suono ogni volta andava via lungo per minuti, e dopo un po' una voce mi diceva cordialmente di lasciare un messaggio dopo il segnale. Allora cominciavo a parlare, e alla fine non avevo detto niente.

Una volta invece, in mezzo alle secche di quei dialoghi mancati, mi avevi scritto: Ma intanto perché non mi mandi una poesia? In quel periodo avevo ripreso a scrivere versi, dopo quasi vent'anni che non lo facevo. Ti avevo mandato una poesia, anche se ne provavo imbarazzo, perché era una cosa ancora troppo fragile. L'avevo mandata chiedendole scusa se l'abbandonavo già, appena nata e già offerta su un altare in sacrificio. Il giorno dopo mi avevi risposto, una mail lunga e articolata. Dentro c'erano parole dure, impregnate di cinismo e di percosse. Lo conoscevo, quel modo che avevi di accanirti. Ne avevo visti tanti capitolare, finire a terra e poi guardarti da dentro una supplica, e tu non avere pietà, preda di una cattiveria ulcerata, che ti scavava gli occhi di durezza e di disprezzo. E le volte che era successo con me, ero stato semplicemente in silenzio, e poi me n'ero andato. Per un po' non ci eravamo sentiti. E adesso avevo davanti quella mail mortificante ed era uguale e diverso insieme. Ti sapevo, dall'altra parte, asserragliato dentro un ospedale. Stavi come in trincea, e poi di tanto in tanto ti tiravi su e lanciavi queste pietre con tutta la violenza che il tuo corpo ancora ti lasciava. Volevi colpire, incattivito contro i vivi, contro chi restava in mezzo al tempo, mentre il tuo andava veloce verso il filtro. Volevi fare male. E quando la pietra mi aveva colpito avevo sentito dolore. Per non provare odio allora avevo provato tanta pietà, per te, ed è stato lì che hai cominciato a finire.

Quattordici

Nei giorni del tuo ultimo ricovero i tuoi amici stavano in attesa, dispersi per il mondo. Qualcuno scriveva a tua moglie chiedendo di sapere, qualcun altro controllava la posta ogni mattina confidando in una tua terminale e un po' incosciente impertinenza. Altri invece non dicevano nulla, impauriti alla distanza non tanto dalla morte, ma proprio da te, che la portavi addosso dentro un letto d'ospedale. Le tue parole, l'eventualità di vederle comparire nei display dei loro cellulari o nella loro posta, li spaventavano. Così restavano immobili, mimetizzati il più possibile alla vita, supplicando il cielo di non essere visti, di non essere apostrofati da quelle parole già così piene di contagio. Altri ancora per pudore tacevano, proseguivano dentro il loro quotidiano con quel pensiero fisso che ogni tanto attraversava la strada agli altri pensieri. E semplicemente ogni tanto guardavano l'ora sugli orologi a muro e pensavano al fuso orario di Lisbona, a quell'ora in più che per la clemenza del tutto involontaria del sole e della terra il tempo concedeva a te, rispetto agli italiani. In tanti poi chiedevano a tua moglie di poter venire, e lei per ciascuno doveva trovare le parole per dire che non era il momento. Era l'unico modo per lasciarti riposare tirando su qualcosa che assomigliasse a un paravento più che a un muro. E contemporaneamente era l'unica maniera per sperare che esistesse, un momento migliore, nascosto da qualche parte in mezzo al tempo. Così la sera apriva la posta, dava notizie, e teneva lontani gli altri da Lisbona. Alle parole chiedeva un po' di autonomia, battendole sui tasti. Chiedeva di metterci la forza che le veniva meno e di mentire, di fingere quel tanto che era sufficiente perché non sembrasse dolore quello che dolore era.

Una sera poi mi ha cercato un tuo amico dell'infanzia, custode del tuo tempo e della tua casa di famiglia di Vecchiano. Mi chiedeva notizie di te, non sapeva cosa fare, tu che gli avevi scritto fino all'ultimo e poi non ce la facevi più. Al telefono stava zitto, e stavo zitto pure io, e stavamo dentro quello stesso dubbio che cresceva. Sua moglie gli si era avvicinata per salutarlo perché stava andando a dormire, e aveva mandato la buonanotte anche per me. E dopo che lei se n'era andata, il dubbio era diventato enorme, insormontabile, e noi di colpo incapaci di tutto. Era come se senza di lei le nostre dita di uomini, di maschi, si rivelassero per quello che erano, troppo grosse per maneggiare una cosa così piccola, per provare a cucire la morte con la vita. Così il tuo amico si era acceso un'altra sigaretta e insieme avevamo pensato a che cosa fosse giusto fare, in quel momento. Lo affrontavamo come se fosse una faccenda di logica, mettere sul tavolo tutte le questioni, valutare, ponderare, andare con la lanterna nella notte a caccia di uno straccio di evidenza. Poi però ci incagliavamo e dovevamo ricominciare da capo, come se venisse sempre fuori un totale sbagliato o, peggio ancora, una cifra diversa a ogni riconteggio. Alla fine ci avevamo rinunciato, ci eravamo detti che eravamo forse troppo stanchi per riuscire a sciogliere quel nodo. Mi ha detto che avrebbe letto un po' i giornali in rete, e poi un libro, visto che la notte era ancora lunga. E così avevamo messo giù, e poi ciascuno dentro il proprio silenzio avevamo rifatto i calcoli, e un paio di volte ci eravamo illusi di aver capito l'errore dove stava.

Il giorno dopo l'ho richiamato e stava entrando in casa tua, andava ad aprire le finestre, per far cambiare un poco l'aria. Mi ha detto che per il momento non sarebbe partito, che avrebbe aspettato notizie e poi avrebbe deciso. E intanto quasi ogni giorno passava a casa tua, che se ne stava lì chiusa in mezzo al paese, disabitata per quasi tutto l'anno dietro il cancello verde sulla via. Lui arrivava e ti metteva la posta sopra il tavolo, e d'inverno ogni tanto faceva partire il riscaldamento, che riempiva le stanze di calore, e poi tornava il freddo quando lo spegneva. Faceva fare ginnastica alla casa perché non le si bloccassero le articolazioni, per paura di vederla rimpicciolirsi giorno dopo giorno per l'artrosi, morire di solitudine e trascuratezza. Si prendeva cura anche delle vostre piante perché non diventasse una foresta, la tua assenza, perché gli animali non mangiassero le foglie più del necessario, perché ci fosse acqua sufficiente. E poi prendeva la tua macchina, che stava in cortile, e la portava un po' in giro per Vecchiano, le faceva sgranchire gli ammortizzatori. Ogni tanto la lavava, e poi la lasciava di nuovo dove l'aveva presa, vuota e pulita nell'attesa. La faceva quasi ogni giorno, questa manutenzione della tua lontananza. A volte durava mezz'ora, altre volte in pochi minuti era già fuori, una piccola parentesi dentro la sua giornata. Poi la notte ti scriveva e ti riferiva, ti dava notizie sullo stato delle cose e sulle urgenze. Quando lui usciva da lì la tua casa tornava sola e ammutolita, con le persiane chiuse all'angolo della via, e chi ci passava sotto sapeva soltanto che era tua. E quel giorno, nelle settimane del tuo ultimo ricovero, mentre tu stavi dietro il paravento a riposare, dentro un ospedale di Lisbona, lui era lì, nel tuo cortile. C'era bel tempo, faceva un caldo esile di quasi primavera. Sai che si sta proprio bene, qui?, mi ha detto. E dopo un attimo aveva aggiunto Senti, che dici, gliel'accendiamo un po' la macchina?

Quindici

Per entrare dentro il cimitero di Vecchiano, un giorno, avevamo messo l'auto di traverso. Ci eravamo sfilati il paese da pochissimo e tu, senza ancora nemmeno la cintura, mi avevi chiesto Ti va di dare un'occhiatina all'aldilà? Poi avevi accostato e avevi spento la macchina poco oltre il cancello, sul selciato. Quando eri sceso ti avevo visto cadere una cosa piccola dalla maglia, e tu ti eri allarmato, ti eri piegato subito a cercare. Eravamo stati per un po' – le tombe che si vedevano oltre il reticolato del cancello – chinati in terra, io accucciato, e tu che ogni tanto ti tiravi su per rimettere in ordine la schiena, ti appoggiavi contro il cofano. Poi in mezzo alla polvere avevo visto una cosina verde, e l'avevo raccolta pinzandola con la punta delle dita. Era un coccodrillo piccolo, di stoffa, impolverato. L'avevamo guardato come se fosse vivo, io che intenerito avevo allentato la morsa dell'indice e del pollice, e tu che ridendo dicevi Secondo me non è pericoloso. Insieme poi avevamo puntato gli occhi sulla tua Lacoste verde, tu avevi abbassato il mento contro il petto proprio verso il punto in cui il coccodrillo ormai non c'era più. La maglia se ne stava lì, addosso a te, come un uomo a cui abbiano dimenticato l'ombelico e se ne vada in giro incompleto, come se nulla fosse, a dare scandalo. Poi mi avevi detto che ti capitava spesso, che era la colla un po' scadente, e lo era con ogni probabilità soprattutto la Lacoste, comprata a un mercatino di Lisbona a pochi euro. Alla fine mi avevi preso il coccodrillo dalla mano, ci avevi soffiato forte per togliere la polvere e te l'eri rimesso contro il petto. E da quel momento era rimasto lì, sbilenco forse ma aggrappato. L'avevi riportato sopra la maglietta con un gesto di restituzione, come chi riconsegna un animale a quello che era suo, chi apre la finestra e lascia che un uccello, annusata l'aria, si stacchi dalla mano e prenda il volo.

Dentro il cimitero ci eravamo stati molto poco. Era stato un giro breve, anche se non proprio sbrigativo. Parlavi con un volume di voce appena più basso del normale. Più che una visita al camposanto, sembrava un ritorno furtivo in un luogo in cui non eri benvenuto, da cui eri stato bandito, e in cui ciò nonostante ti facevi vedere quasi più per provocazione che per reale nostalgia. I tuoi genitori me li avevi fatti vedere in un transito veloce, indicandomeli con il braccio senza quasi intenzione, come un'attribuzione topografica, tua madre con tuo padre accanto. Lui aveva la faccia di un marinaio giovane. Ti eri avvicinato solo un istante a sistemargli un fiore, come se gli aggiustassi la camicia. Dopo avevamo proseguito, e a me era sembrata un'invadenza voltarmi a guardarli, e nello stesso tempo una specie di spreco, passarci davanti così in fretta. Poi ti era suonato il telefono, l'avevi tirato fuori dalla tasca e avevi detto Neanche all'altro mondo, ti lasciano in pace. Però avevi risposto. Guarda, avevi detto, se ritroviamo la strada torniamo per pranzo, siamo al cimitero. Dipende se passiamo dall'inferno, dal purgatorio o dal paradiso. Non so se mi ricordo la strada. Ma se imbocchiamo l'inferno tra mezz'ora siamo lì. L'inferno è pieno di scorciatoie. E dopo eravamo usciti, e quando eri entrato in macchina mi avevi detto Carino, no? Intanto il coccodrillo verde era di nuovo caduto dalla maglia, mentre ti allacciavi la cintura. All'inizio non te n'eri accorto, poi infilando la chiave l'avevi visto. Ce l'avevi sulle gambe, capovolto, nelle pieghe dei tuoi jeans. L'avevi preso tra le dita e l'avevi messo sul cruscotto, al sole, tra le chiavi di casa e il telefonino.

Il giorno dopo eravamo andati via di casa insieme, il tuo amico che accompagnava voi all'aeroporto e che poi avrebbe portato me alla stazione di Pisa. Quando avevi chiuso il cancello ed eri salito in macchina, avevo guardato le persiane mute. C'era stato un giorno in cui, molti anni prima, l'avevi fatto una volta per tutte, il gesto di andartene, anche se non te lo dicevi in questi termini. Avevi dato un giro di chiave e te n'eri andato via, lasciando lì i morti, la macchina e portandoti dietro solo l'italiano. Eri rimasto chiuso fuori dall'Italia senza sceglierlo nemmeno, e tornavi furtivo a farci visita, malinconico e arrabbiato. Ripartivi poco dopo, lasciando che la casa e le tombe dei tuoi cari aspettassero un ritorno. E mentre ti guardavo i pochi capelli sbucare oltre il poggiatesta, quel giorno in partenza da Vecchiano, avevo pensato alla borsa che ti portavi sempre dietro, per conferenze e visite ad amici. Era una borsa nera, di pelle, piccola, che sembrava vuota. Quando arrivavi ce l'avevi sempre sottobraccio, e se la dimenticavi ti si diffondeva uno smarrimento sulla faccia. Ogni volta che ti sedevi a un tavolo, per una presentazione, la posavi accanto a te. Per tutto il tempo stava lì, di rado l'aprivi. A chi ti chiedeva che cosa contenesse sorridevi, ma non rispondevi mai. Io stesso ci avevo provato, ma invano. Alzavi le sopracciglia, piuttosto, misterioso. Quindi la portavi via come un bambino porta via un peluche, e li vedi andare via insieme, inseparabili. Una volta, a Parigi, avevi chiesto al tassista di riportarti indietro per recuperarla, e l'avevi fatto aspettare dieci minuti sotto casa.

Lì, in macchina, andando verso l'aeroporto di Pisa, avevo ripensato a una presentazione fatta insieme. Stavamo entrambi dietro il tavolo e dietro i microfoni. Accanto a te c'era la tua borsa nera. Mentre un attore leggeva i tuoi testi mi ero accostato al tuo orecchio e, indicandola, ti avevo chiesto sottovoce che cosa ci fosse dentro. Tu l'avevi guardata, davanti a te, e avevi sospirato. Niente. Non mi serve nient'altro, avevi detto. Ma non posso farne a meno. Quindi avevi preso il pacchetto di sigarette, ce l'avevi infilato. Poi ti eri avvicinato con la testa, per parlarmi. Serve per le sigarette, avevi detto con estrema serietà.

Sedici

Nell'ultimo mese, prima che ti ricoverassero, stavi quasi sempre chiuso in camera sdraiato. Cercavi di far pace col dolore, di farlo ragionare, e poi alla fine vi addormentavate tutti e due. Avevi ceduto alla gravità della terra, le avevi restituito il peso e chiesto soccorso insieme. La verticale – mi avevi scritto – richiede molto allenamento, e io sono troppo pigro. Così la porta della camera da letto restava sempre chiusa, e tua moglie ci entrava il minimo che le era necessario. Giusto per portarti un succo di frutta, chiederti se avevi bisogno di qualcosa, o per lasciare che l'aria della tua stanza ogni tanto, come un gatto, uscisse dalla porta a farsi un giro e poi tornare a raccogliersi ai tuoi piedi. Tua nipote si era abituata alla tua porta e agli occhi chiusi. Si prendeva cura di te camminando sulle punte, offrendoti la propria leggerezza, piccola infermiera del silenzio. Volteggiava per la casa in quella sospensione, con un sorriso di complicità con la nonna, lei che era la sua aiutante in quell'efficiente pronto soccorso familiare. A volte faceva i compiti sul tavolo da pranzo, dopo la scuola, il piano invaso dai quaderni aperti, le matite di tutti i colori, il portapenne e il sussidiario. Stavano a meno di due metri dalla tua porta, lei che sillabava gli esercizi con la fronte corrugata dallo sforzo, e tua moglie, accanto, china con gli occhi sui quaderni perché lei non si perdesse e con le orecchie sulla camera da letto perché non ti sentissi perso tu. Se poi la giornata era più difficile, se il dolore prendeva il sopravvento, allora chiedeva a tua figlia di non portare la bambina, dopo la scuola. Qualche volta forse si saranno salutate dal balcone, e tua moglie forse l'avrà rassicurata, sul fatto che non aveva bisogno del suo aiuto di infermiera, che riusciva a cavarsela da sola. E poi forse le avrà guardate scendere giù per la via, e tua figlia avrà tentato di far parlare la bambina il più possibile perché non si voltasse, e forse le avrà preso la borsa con i libri.

Dietro una porta ti ci chiudevi spesso anche da solo. Sovente succedeva all'ora di cena, e la porta che ti sottraeva a tutto era quella della cucina. Te l'ho visto fare a Lisbona, a Parigi, a Vecchiano, quando venivo a trovarvi. La cena era pronta, la tavola era apparecchiata, e noi già disposti sulle sedie. Era in quel momento che tu chiudevi la porta della cucina e noi ne restavamo fuori, fermi a guardarla col tovagliolo sulle gambe. Le prime volte io ci stavo davanti con una specie di sgomento, come se fosse una soglia tra il mondo dei vivi e quell'altro. Era come se ci fosse una maledizione a cui non potevi sottrarti, e così loro ti chiamavano prima di mangiare, perché ti offrissi in sacrificio. Tu ogni volta rispondevi e sparivi con una faccia scura, con gli occhi scavati. Tua moglie ti reclamava a voce alta, e poi però taceva, guardava la porta con un'espressione di infinito e spazientito amore, di stizza tenuta per le briglie. E una volta che avevo provato ad alzarmi per venire in cucina mi aveva preso il braccio e trattenuto sulla sedia. Poi aveva coperto la pasta con un piatto, si era alzata, e si era accesa una sigaretta di rancore. Quando poi la porta si riapriva tu ne venivi fuori come se nulla fosse, a volte persino canticchiando un vecchio fado. Ti sedevi a tavola e prendevi a parlare, tua moglie che a poco a poco si rilassava, e la porta della cucina spalancata. Tutto avveniva come se in mezzo non fosse mai successo niente, come se fossi sceso soltanto un attimo in cantina. Invece eri scomparso da tutto per mezz'ora, e per mezz'ora non c'era stato verso di riaverti indietro, e la cena che mangiavamo era fredda, ed eri tu che l'avevi rovinata.

Però spesso dopo quelle sere dicevi che la notte avresti scritto, che avevi un racconto pronto a uscire. Stavamo ancora un po' seduti al tavolo, con sopra le tovagliette e una tisana o l'ultimo bicchiere. Una sera avevo provato a portare via le tovagliette ma tu mi avevi trattenuto, mi avevi detto di lasciarle lì, che non ti davano fastidio. Anzi, avevi detto, possono aiutare. Quando me n'ero andato via, scendendo sotto terra, mentre aspettavo il metrò alla fermata Rue du Bac, mi erano venuti in mente dei versi. Andando a letto sgombrate la mensa / da latte e briciole; attirano i morti. / Ma Egli, l'Evocatore, insinui / sotto le palpebre miti le ombre / dei morti in tutte le cose visibili. E quando ero salito in metropolitana e le porte si erano chiuse con un fischio avevo ripensato alla porta della tua cucina, e a quel buco profondo in cui eri stato chiamato, oltre la soglia che io e tua moglie per mezz'ora avevamo guardato senza dire niente. Mi ero chiesto chi avrebbero attirato, quelle briciole sulla tua mensa, durante la tua notte, in quanti di loro sarebbero arrivati. Chi si sarebbe seduto – mi chiedevo – accanto a te? Per quante ore avresti scritto sotto dettatura, sotto la loro dittatura? Intanto, in mezzo a quelle domande, a Madeleine era salita una ragazza seminuda con dei capelli verdi che trascinava un carrello con sopra un amplificatore. Nella carrozza c'ero solo io. Poi lei aveva pigiato un tasto, ed era partita una musica debole. E aveva cominciato a ballare una specie di lap dance sfinita, quasi sudicia, per un solo spettatore, avvolgendosi come un serpente intorno all'asta verticale del metrò.

Diciassette

Pretendevi che dormissi nelle vostre case vuote, se ero di passaggio. Parigi e Vecchiano soprattutto, a Lisbona era più difficile che andassi in vostra assenza. Quando si avvicinava la data ti facevi insistente, chiamavi, mandavi messaggi, dicevi che se non ci sta nessuno, dentro una casa, quella casa non c'è. Per cui mi chiedevi almeno di verificarne l'esistenza, sostenevi fosse un fatto soprattutto filosofico, una specie di estremo atto ontologico. Ti preoccupavi che andassero a pulirla, prima del mio arrivo, e mi davi indicazioni per le chiavi. A volte rifiutavo, perché mi avrebbe complicato ogni spostamento, e resistere ai tuoi assalti era diventata una nuova abilità, una fermezza infarcita dall'affetto. Ti adombravi, ma dopo un paio di tentativi lasciavi la presa. Altre volte invece poi accettavo, e dall'altra parte del telefono ti sentivo soddisfatto. Questo mi fa molto piacere, dicevi, ed era una frase pronunciata quasi più per il bene che volevi a quelle case che per te, o per me. Finalmente potevi mandar loro qualcuno a fargli compagnia, alleviare il peso di essere soltanto mattoni e porte chiuse a custodire la tua aria e i vostri oggetti immobili, chiese sconsacrate per l'inaffluenza degli umani. Dicevi che gli unici di guardia lì dentro erano gli orologi, ma che era una scocciatura, per loro, passare il tempo solo a spostare le lancette inutilmente, una fatica fatta per nessuno. Così alla fine andavo a portare soccorso al tempo, alle case e agli oggetti. A Parigi digitavo il codice al portone e poi salivo su per quelle scale zoppe, tutte inclinate da un lato, che tu per questo chiamavi pisane. E tutte le volte, quando aprivo la porta, mi davi giusto il tempo di chiuderla, togliermi la giacca e lasciare in terra la valigia. Quindi telefonavi, con tempismo micidiale, e in fondo volevi chiedermi soltanto se erano ancora tutte lì, le cose. Non tanto perché avevi paura che le avessero rubate, quanto piuttosto per il timore che avessero perso la pazienza di aspettare, e ti avessero lasciato. Mi chiedevi anche se c'erano fantasmi. Ma non danno noia, mi dicevi per tranquillizzarmi. Sai, sono fantasmi parigini, hanno un po' di erre moscia ma molto *savoir-faire*, hanno studiato alla *Sorbonne*. Se ne stanno a bere *champagne* seduti sul divano o a conversare. Ma ti faranno spazio, vedrai, sono fantasmi educati. Solo, non parlargli di *Lautréamont*, che non so davvero come mai però gli dà molto fastidio, e allora diventano un po' *désagréables*.

E a Vecchiano una volta ero arrivato la sera che era già piuttosto tardi. Il tuo amico d'infanzia era venuto a prendermi a Pisa in macchina e mi aveva accompagnato a Lucca, per una presentazione. Dopo la cena, declinato l'albergo, avevamo raggiunto casa tua. Lui mi aveva fatto strada, mi aveva acceso la luce in cucina, aveva controllato che i termosifoni si fossero scaldati e se n'era andato. Per qualsiasi cosa, mi aveva detto prima di uscire, ho il telefonino acceso tutta la notte. Dopo poco era rientrato. Avevo sentito la porta che si apriva e lui che chiamava il tuo nome per la casa. Ero sceso dalle scale e quando mi aveva visto, già scalzo, mi aveva guardato un po' perplesso, quindi si era corretto, Andrea, mi sto rimbecillendo, faccio casino con i nomi; ad ogni modo volevo dirti che alle nove domattina passo a prenderti. E poi però si era messo a ridere, si era battuto la mano sulla fronte. Sei solo un filino troppo alto, aveva detto, per essere lui. Mi aveva ancora indicato il termostato, nel caso avessi avuto troppo caldo, e aveva richiuso prima la porta e poi il cancello. Era bastato che entrassi dentro quella casa perché diventassi te, le telefonate notturne, le conversazioni, gli allarmi, e dover stare sempre pronti a tutto. All'inizio ci era rimasto male, quando se n'era accorto, come se tu, che a Vecchiano tornavi così poco, non ti fossi fermato che per pochi istanti, come se te ne fossi andato via di fretta, giusto l'intervallo tra una porta chiusa e un'altra riaperta poco dopo. Poi invece si era divertito, all'idea che quello fosse soltanto uno dei tuoi scherzi, salire le scale sessantacinquenne e poi scendere trentenne a piano terra, due minuti dopo.

La notte mi ero svegliato in un lago di sudore. Dalla stanza in fondo al corridoio, quella con il lettino vuoto di quando tua nipote aveva ancora pochi anni, mi ero spinto fuori in mutande e a piedi nudi. Ero passato davanti alla porta chiusa della vostra stanza, e avevo raggiunto le scale. Per un po' ero rimasto fermo in cima, a prendermi il soffio dell'aria che da sotto s'infilava su. Tenevo gli occhi socchiusi tentando un sonnambulsimo funzionale e consapevole, per non svegliarmi e però arrivare ad abbassare la temperatura. Scendendo le scale, in mezzo a quell'afa trasognata, avevo pensato che non non mi ero mai accorto della fotografia di Pessoa che stava incorniciata e appesa all'ammezzato. Ci ero passato accanto sia all'andata sia al ritorno, dopo avere armeggiato con la manopola del termostato finché non avevo ottenuto – o così mi sembrava – qualche risultato. Poi mi ero buttato di nuovo nel letto e mi ero addormentato, fino al suono della sveglia. La mattina avevo rimesso nella borsa le poche cose che avevo tirato fuori, avevo fatto il letto, chiuso le persiane, e poi ero sceso a fare colazione. Per le scale avevo di nuovo visto la foto incorniciata di Pessoa. Solo che in realtà era una foto che avevo sempre visto, dalla prima volta che ero entrato in casa tua. Era una fotografia tua, eri tu ai tempi dei tuoi baffi, quando ancora non ti conoscevo. E dopo poco ho sentito il cancello che si apriva, e poi la porta di casa, e ho sentito una voce che diceva Allora, com'è passata la notte?

Diciotto

Una delle tue preoccupazioni, prima dell'ultimo ricovero, era che non ti riconoscessi. Da qui il divieto di raggiungerti. Tua moglie una mattina mi ha chiamato e mi ha detto che eri diventato più piccolo, di dimensioni, rispetto a come io ti conoscevo. Aveva la voce appena trafelata, al telefono. Usciva di casa per dare notizie, lasciando a te il silenzio e portando fuori aggiornamenti e uno sconforto tenuto a bada. Poi comprava qualcosa, respirava, e tornava dentro ad aspettare. Ha detto che stavi diventando più piccolo, come se fosse quello il processo che non si riusciva ad arrestare, come se stessi perdendo aria a poco a poco e non ci fossero toppe da applicare. Ho messo giù il telefono e ti ho pensato dentro il letto a occupare sempre meno spazio dal tuo lato, a ridurre giorno dopo giorno la superficie di lenzuolo da sgualcire. Una volta ne avevamo anche parlato, io e te, di questo punto della vita in cui ci si rassegna a tornare indietro verso la terra dopo aver cercato di scapparle in tutti modi, di salire più in alto possibile, di portarsi in salvo almeno con l'altezza. Poi, appunto, arriva quel momento in cui ciascuno diventa figliol prodigo pentito, con la terra, e allora di colpo si ferma, guarda in alto, e dopo inizia a venire giù in una sorta di restituzione, riconsegnandosi con un filo di malinconia. Allora avevamo pensato che forse si muore così, occupando sempre meno spazio, con i vecchi sempre più piccoli dentro le poltrone, fino a quando un giorno non li si trova più e si guarda in terra, come se potesse averli riassorbiti lei, alla fine. E quando tua moglie ha messo giù il telefono mi è venuta in mente tua nipote, e i segni contro il muro che facevate per segnarle l'altezza che cresceva, una tacca sopra l'altra e la data scritta accanto, e a come poi ci fossero le tue, di tacche, che scendevano, che le stavano andando incontro sulla stessa strada.

Così adesso tutto ti stava troppo grande, gli armadi pieni del guardaroba di un altro più abbondante di te. C'erano i vestiti di tua moglie, disposti dal suo lato, divisi per pesantezza e per stagione, e poi c'era tutto quell'altro lato dell'armadio – e tutti i cassetti – in cui c'erano quelli di quest'altra persona che tu avevi rimpiazzato, come se tua moglie fosse vedova di un matrimonio precedente, e tu avessi accettato più o meno di buon grado quell'involontaria eredità. E dunque per andare a fare le visite in ospedale ti infilavi le camicie di quest'altro, i suoi pantaloni e le sue maglie, e nella borsa mettevi le sue cose per i giorni del ricovero, nel caso avessero deciso di trattenerti un po' di più. Ti guardavi allo specchio e cercavi di sistemarti i suoi vestiti in modo che ti si adattassero. In un certo senso eri grato a questo signore per tutte le cose che ti aveva lasciato. Eri segretamente compiaciuto per i gusti che vi accomunavano – d'altra parte avevate sposato la stessa donna, anche se in età diverse –, e però un po' goffo per tutta l'aria che ci trovavi dentro. Certo, la potevi strozzare stringendo la cintura ai pantaloni, ma non eliminava del tutto la sensazione, camminando per casa, di essere un pagliaccio. Alla fine non potevi che sentirti un intruso dentro gli abiti di un altro, ma decidere se farti o non farti un guardaroba nuovo, era una questione molto più grande del semplice trovare dei vestiti che si adattassero alle tue misure nuove. E così poi non ci pensavi più, vi tiravate dietro la porta di casa e salivate in macchina per andare in ospedale.

Una volta, a Parigi, mi avevi chiesto di accompagnarti a comprare delle camicie nuove per la ragione opposta, perché eri ingrassato e dentro i vestiti vecchi ci stavi con disagio. Tua moglie ci aveva guardati uscire con un po' di rassegnazione, all'idea che saresti tornato indietro con camicie di pessima qualità, comprate in qualcuna di quelle catene di negozi da cui lei ti teneva alla larga con fatica. Il fatto che ci fossi io con te – glielo si leggeva dentro gli occhi – per lei non era garanzia di nulla, se non che il pessimo gusto l'avremmo condiviso, saremmo tornati inguardabili e contenti, e avrebbe dovuto convincerti a cambiarle, oppure farlo lei direttamente. La prima camicia l'avevamo comprata in un posto molto chic, in Saint-Germain, l'avevamo pagata molto cara, con il commesso che diceva di continuo *C'est jolie*, pensando in questo modo di rifilarcene almeno un paio in più. Ma poi mi avevi trascinato proprio in una di quelle catene di negozi da cui avremmo dovuto tenerci alla larga. E lì ti eri sbizzarrito senza freni con le camicie sintetiche, uscendo dal camerino, mostrandoti in un giro su te stesso, e poi passando alla commessa la camicia, e dicendo che l'avresti presa. Alla fine ti eri accontentato di comprarne soltanto due, io che ti avevo frenato e tu che avevi detto in un sussurro alla commessa, per scusarti *C'est mon fils qui m'empêche d'acheter plus de chemises*. Poi mi avevate guardato facendo comunella, lei si era messa a ridere e io avevo allargato le braccia da figlio rassegnato. E mezz'ora dopo eravamo a casa, con le gambe sotto il tavolo, tua moglie che aveva preparato il pranzo. Non ci aveva chiesto niente, quando eravamo entrati. Sul divano c'era il sacchetto molto chic del posto in cui avevamo comprato la prima camicia. Dentro ci avevamo infilato di soppiatto anche le altre due sintetiche, e il sacchetto del secondo negozio stava dentro un cestino dell'immondizia di Boulevard Saint-Germain.

Diciannove

Sono atterrato due volte, senza dirti niente. La prima era stata per conoscerti, la seconda per venire a dirti addio in una stanza d'ospedale. La prima volta era stata un volo per Parigi, un tardo pomeriggio di inizio estate, io che mi presentavo, non previsto, a una cena a cui saresti stato. Avevi chiamato in casa editrice per sapere chi io fossi, dopo aver letto un mio romanzo, volevi capire che faccia si nascondeva dietro quello stile. Volevi scrivermi, mi avevano detto, una lettera, da cui la richiesta dell'indirizzo di casa a cui mandarla, e poi la telefonata che la casa editrice aveva fatto a me. Lo stesso giorno mi aveva cercato anche un caro amico parigino, amico tuo da tanti anni, per dirmi la stessa cosa, che tu volevi sapere chi io fossi, perché non riuscivi a mettere né un viso né un'età alle parole che usavo sulla carta. Mi aveva detto che ti avrebbe visto a cena il giorno dopo, una cena per pochi a casa sua. Così, senza pensarci, avevo prenotato un posto, e poi ero decollato e atterrato a Charles de Gaulle. Alle nove poi avevo semplicemente suonato il campanello dell'appartamento parigino, ed ero entrato, inaspettato a me per primo. Eravate rimasti tutti a guardarmi senza aprire bocca, in un imbarazzo impastato di domande silenziose. Mi fissavate voltati da una parte, seduti sul divano, come si fissa un pallone entrato dalla finestra e rotolato sul tappeto.

Quindi il padrone di casa ti aveva detto chi io fossi. Ti eri alzato di colpo in piedi, come svegliato di soprassalto, e avevi detto Perbacco, ma che sei arrivato dal camino? Dopo mi avevi guardato tutto insieme – io ero un po' a disagio, dentro quell'occhiata – come se cercassi di capire quante volte poteva starci il romanzo che avevi letto dentro quel corpo che vedevi, se bastavano le mie parole scritte, rovesciandole, per riempire quella cosa lunga che avevi davanti messa in verticale. E dunque sarebbe un tipo alto, snello, con una camicia chiara, avevi commentato a voce alta con tua moglie, tirando su le sopracciglia. E dopo avevi preso una borsa nera, che sembrava vuota, e l'avevi aperta tirando la cerniera. Ci avevi frugato dentro con la mano e ne era uscita una lettera affrancata. Me l'avevi consegnata dicendo Oggigiorno la posta fa miracoli, ragazzo mio, e dopo mi avevi abbracciato e mi avevi detto piano nell'orecchio Che piacere.

Quattro anni dopo sono atterrato all'aeroporto Portela di Lisbona che tu eri dentro un letto d'ospedale e non ne volevi sapere di vedermi. In mezzo c'era stato tutto il resto, libri, viaggi, incontri fatti insieme, e poi anche mesi in cui era stato difficile parlarsi, e una cena a Milano finita male, tu che avevi strappato con rabbia la prima pagina di un libro che mi avevi dedicato. E adesso c'era quest'atterraggio dentro un aereo mezzo vuoto, due signore in fondo che avevano applaudito ma era sembrata una cosa fuori luogo. Mezz'ora dopo ero in casa tua, seduto al tavolo in cucina con tua figlia e tua nipote, e tu che ti infilavi nei discorsi come un segreto solo quando tua nipote usciva dalla cucina, e sparivi come un fantasma non appena lei rientrava per proseguire con la cena. Noi stavamo zitti, lei ci guardava sospettosa. Poi riprendevamo con gli aggiornamenti sulla vita, mentre la tua morte, che ti stava addosso in ospedale, si concentrava tutta negli occhi scuri di tua figlia, e nella distrazione con cui ascoltava la bambina. Poi dopo cena tua nipote mi ha portato un foglio, e mi ha chiesto di disegnare un po' con lei. Ci siamo spostati sul tavolo da pranzo e a nulla sono valse le mie resistenze, la stanchezza, o le richieste della madre di lasciarmi riposare. Mi ha detto di disegnare un coccodrillo, e le ho detto che non lo sapevo fare. Un po' spazientita è scesa dalla sedia ed è tornata poco dopo con un libro che ne aveva uno in copertina. E così l'ho disegnato, ed era un coccodrillo senza denti, con una coda molto lunga e una zampa più piccola dell'altra. Tua nipote mi ha guardato con commiserazione. Ma quello è un coccodrillo vecchissimo, aveva commentato, sta quasi per morire. Così le ho risposto che, poveri, anche i coccodrilli hanno diritto di invecchiare. Lo possiamo buttare, adesso?, le ho chiesto alla fine mostrandole il foglio sgualcito, pieno di macchie e di segni incerti. Ma no!, ha risposto. Portalo domani al nonno per regalo.

Un'ora dopo ero fuori di casa. Era già quasi mezzanotte, e per Rua da Escola Politécnica non c'erano che poche macchine. Anche l'ultimo bar stava chiudendo. L'albergo era il São Mamede, a poche centinaia di metri da casa tua. E però quando ho visto passare un taxi ho allargato il braccio verso la strada e il tassista si è fermato, ha tirato giù il finestrino. Accetta anche coccodrilli?, gli ho chiesto. Certo, ci mancherebbe, mi ha detto. Gli dica solo di non mettere le zampe sul sedile. Così io e il vecchio coccodrillo verde scuro siamo saliti e ci siamo sistemati dietro. Vorrei portare il coccodrillo a vedere il Tago, ho detto, non l'ha mai visto. Non l'ha mai visto?, ha chiesto il tassista scandalizzato. No, gli ho risposto, frequenta piuttosto altri corsi d'acqua. Lui si è fatto taciturno, e ha preso la strada in discesa verso il fiume. Lo sa che è vicinissimo, vero?, mi ha chiesto. Sì, lo so, ma con lui a piedi ci metteremmo delle ore.

Siamo passati accanto alla statua di Pessoa, i tavolini già tutti ritirati, una ragazza che buttava schiuma in terra per pulire. E quando poco dopo siamo arrivati all'imbarcadero, davanti al fiume, il tassista mi ha domandato: Mi scusi l'indiscrezione, ma quanti anni ha il suo coccodrillo? Sessantotto, gli ho risposto. Niente male, ha commentato lui compiaciuto. Questo è il mio telefono, ha aggiunto prima di salutarci, se vuole un taxi alla porta basta che mi chiami, mia moglie prende il messaggio, può anche chiamare un giorno per l'altro. Quindi è uscito, ci ha aperto la portiera, e ci ha guardato scendere. Mi ha stretto la mano, ha salutato con un inchino il coccodrillo ed è risalito in macchina. Noi l'abbiamo seguito con lo sguardo lungo la salita, mentre ritornava indietro. Poi ci siamo seduti su una panchina e abbiamo guardato il Tago. Guardando l'altra sponda, mi sono chiesto se ce l'avrebbe fatta, ad attraversarlo tutto a nuoto.

Venti

Due notti prima di morire hai dettato a tuo figlio il tuo ultimo racconto. L'ho visto arrivare, la mattina, dopo la notte passata esausto accanto a te, tua moglie che gli aveva dato il cambio. È entrato in casa e si è seduto in cucina senza dire una parola. Io cercavo solo di essere il più invisibile possibile, intruso in mezzo a un dolore di famiglia. Poi mi ha detto del racconto che dal nulla avevi deciso di dettargli. Ti rendi conto?, ha aggiunto dopo un sorso di caffè. Aveva una faccia stravolta, gli occhi incavati, e tossiva con la tua stessa tosse lunga e roca. Si guardava le mani, diceva che l'avevi pure fatto faticare, per via della disabitudine a scrivere usando carta e penna. Se ne stava appoggiato al tavolo con la testa piegata in avanti, che gli cadeva giù, pesante, verso la tazzina. Ma era una stanchezza più grande, la sua, e non bastava la notte di veglia per spiegarla. Poi ha tirato su la testa, mi ha guardato in faccia. Non pensavo sarebbe stata così dura, ha detto ridendo. E lì davanti a me, facendo colazione, tuo figlio mi parlava come se non fosse già più il tuo primogenito, ma la tua levatrice, stremata per la notte a cui aveva preso parte in ospedale. Gli era toccato in sorte d'improvvisarsi in quella parte, con le mani maldestre degli uomini, e la paura di sbagliare di un figlio che maneggia le ultime ore di suo padre. E però l'aveva fatto perché non si può fare altro, e così tu avevi chiuso gli occhi e avevi iniziato a dettare una parola dopo l'altra, facendole uscire senza strappi e senza dubbi. Ogni tanto ti fermavi, riprendevi fiato, e lui riposava la mano. Poi ricominciavate piano piano, con cautela, padre e figlio chini e impreparati sopra una cosa sconosciuta.

Eravate andati avanti per ore, l'ospedale che intorno era calato tutto dentro il buio, le luci basse dei corridoi, il respiro pesante dei degenti, le voci degli infermieri che si chiamavano, la loro abbacinante normalità, e poi le spie luminose intorno ai vostri letti che si accendevano e spegnevano come alberi la notte di Natale. Mi ha detto che facevi fatica a respirare, la mascherina dell'ossigeno sempre fissa sulla faccia, e il raschiare costante del tuo fiato su per la trachea. E però, nonostante questo, nonostante tutto, in mezzo a quel raschiare ti erano venute fuori tutte le parole in fila indiana. Tu calavi le palpebre sugli occhi e dopo cominciavi a leggere, sullo schermo che ti eri approntato con il rovescio della pelle. Tuo figlio mi parlava, e si capiva che non vedeva l'ora di andare a sdraiarsi. Durante la notte in ospedale, tu ogni tanto gli chiedevi di rileggere, e lui lo faceva, dicendo le tue parole ad alta voce. Poi ti dava da bere, quel poco che chiedevi, perché i medici ti avevano chiesto di andarci piano con i liquidi. Fino a quando poi, in mezzo a quella notte, due giorni prima di sparire, con tuo figlio seduto accanto a te, e tua moglie, tua figlia e tua nipote ciascuna a rivoltarsi dentro il proprio letto, ecco, lì, dentro quella notte poi il racconto era finito, così come finiscono i racconti, che semplicemente non c'è più niente da dire. Tuo figlio me l'ha detto mostrandomi le mani, lui che incredulo, sfinito, aveva visto venire fuori quella nidiata di parole, l'aveva portata fuori con la delicatezza e la sorpresa di una levatrice, e poi – mi ha raccontato – gli era venuto da sorridere, a vederle tutte insieme. E così eravate rimasti lì, insieme, tuo figlio con in braccio la tua morte appena nata, e tu che, stremato, ti eri girato su un fianco, ti eri aggiustato la mascherina e ti eri addormentato.

Quando ha finito di parlare, tuo figlio si è alzato e mi ha detto che sarebbe andato a dormire qualche ora, perché poi sarebbe tornato in ospedale. Voleva raccogliere quel po' di forze che gli sarebbero servite per far fronte al tempo che restava. Gli ho guardato la schiena, mentre andava via dalla cucina, e in quella schiena c'era tutta la sconfitta per quel lavoro eseguito con successo, e la malinconia e l'orgoglio di essere stato scelto per farlo. Ho sentito la porta della sua stanza che si chiudeva, e in cucina sono rimasto solo io. Ho guardato fuori, in giardino, e nessuno aveva aperto le sedie, stavano tutte piegate contro il muro. Dopo un po' ho sentito la porta di casa che si apriva, poi dei passi per le scale, e poi tua cognata mi ha trovato seduto al tavolo, con la colazione già finita. Mi ha salutato, e mi ha detto che era passata in ospedale, e che tu dormivi, sembravi in pace, e tua moglie ti sedeva accanto. Più tardi ci saremmo tornati insieme. Anche lei aveva una faccia stanca, ma non lo diceva. Mi ha preso la tazzina del caffè da sotto il naso, l'ha messa nel lavello, e poi ha iniziato a riordinare la cucina.

Ventuno

Quando sono entrato in stanza mi hai guardato per un attimo con gli occhi spalancati. Poi ti sei tirato su a sedere puntellandoti coi pugni contro il materasso. Fino a un attimo prima non sapevi nemmeno che fossi in Portogallo, e adesso ero lì, a poco più di un metro, oltre la soglia della tua stanza d'ospedale. Erano passati i medici, e poi tua cognata ti aveva annunciato che ero lì, contro ogni tuo volere. La tua voglia di vedermi, il permesso di lasciarmi entrare, era l'ammissione di qualcosa di più definitivo della semplice infrazione di un divieto. Ora mi stavi davanti, ridotto quasi agli occhi, la faccia che era diventata la cornice per quei due sprofondi chiari. Mi guardavi senza dire niente, con una specie di sorriso che ti si increspava a poco a poco sulla bocca. Tua cognata, che si era ritrovata lì in mezzo senza volerlo, ha abbassato la testa, quindi è scivolata fuori dalla porta senza dire niente, piegata in avanti, come se dovesse passare sotto la corda di quel ring. E così eri diventato più piccolo davvero. A vederti eri piccolo come la voce che mi aveva parlato al telefono quel tardo pomeriggio, dentro il centro commerciale. Ora te ne stavi seduto sopra il letto come l'ultima matrioška, quella minima, acquattata per tutto il tempo dentro la pancia delle altre e che alla fine salta fuori come una sorpresa estrema. Minuscola e identica, perfetta e però ormai non più divisibile dal desiderio o dalla mano di nessuno. E mi chiedevo dove fossero finite le altre, quelle che ti avevano contenuto, se tua moglie le avesse archiviate dentro l'armadietto metallico che ti stava accanto. Le ho pensate l'una accanto all'altra in ordine crescente, un drappello di figure tutte uguali chiuso a chiave nel buio di un armadio d'ospedale.

Poi ti sei tirato su la mascherina dell'ossigeno, te la sei appoggiata sulla fronte, e ti sei aperto in un sorriso. L'hai fatto con un gesto fermo, come chi alza il cappello per un saluto alla vista di un amico, la tua ultima galanteria. E quando poi mi sono avvicinato, mi hai detto sussurrando, e indicando la mascherina sulla testa: Ogni tanto devo ossigenare anche i pensieri. Mica solo i polmoni. Quindi te la sei sistemata sulla bocca, e allora ti ho abbracciato piano, con tutta la paura di farti male, fragile com'eri, e anche però con il desiderio per un attimo di nascondere la faccia, di non farti vedere nei miei occhi quello che vedevo. Poi mi sono seduto accanto a te e tu mi hai indicato tutti i cavi che ti avviluppavano, che dal corpo partivano e andavano su verso le macchine. Scendevano dall'alto, quei fili, e ti prendevano le braccia, tu che di colpo eri diventato una marionetta, per quella scena finale, aiutato da un angelo bislacco, per la coreografia del ballo del commiato, l'unica su cui eri davvero principiante. Andrea mio, è andata così, mi hai detto. E dopo mi hai chiesto soltanto di parlare, e tu di poterti mettere in ascolto. Comincia da dove vuoi, letteratura, vita. Letteratura, soprattutto. Abbiamo sei mesi da recuperare. E per tre ore io avevo parlato, e tu avevi chiuso gli occhi, dentro la tua mascherina, e annuivi, e aprivi gli occhi solo se un passaggio ti era poco chiaro. Ogni tanto entrava tua moglie, e tu le facevi cenno di andar via. Lei mi guardava con una felicità straziata, per quello che ti vedeva in faccia, e dopo ti controllava gli occhi, per vedere se avevi ancora forze a sufficienza. Ti ho detto che in aereo avevo letto *Il fiammifero svedese* di Čechov, e tu mi hai chiesto di raccontartelo, perché – sostenevi – non l'avevi mai letto, e quella è stata probabilmente la tua ultima bugia, pronunciata un po' per il puro piacere di mentire e un po' per garantirti un mazzo di parole in più. Per tre ore te le sei prese tutte con un'espressione beata, come fossero aria che ti accarezzava il viso, e più te le soffiavo addosso, più mi sembrava che un poco ti gonfiassi, che crescessi di misura sopra il letto.

Poi però tua moglie è entrata che fuori era già arrivato il buio, noi due che ci eravamo finiti dentro senza accendere la luce. Ti ha detto che era tardi e che eri troppo stanco per andare avanti. Tu hai protestato, e le palpebre però ti scendevano sugli occhi, era la morfina che tirava il sipario sulla notte. Poi tornavano su e mi cercavi, lo sguardo già annegato nella faccia. Tua moglie mi si è avvicinata, mi ha detto solo Hai fatto bene. Mi ha fatto segno che però era arrivato il momento di andar via. Prima di uscire mi ha chiesto aiuto per spostarti. Ti abbiamo rivoltato su un fianco con delicatezza, io che ti ho sollevato e che per un attimo ti ho tenuto in braccio. Eri una cosa piccola, con dei piedi lunghi e magri. E quando poi ti ho riadagiato sul letto respiravi già tutto dentro il sonno. Quindi tua moglie mi ha accompagnato giù, ha chiamato un taxi, e quando è arrivato ha detto al tassista l'indirizzo di casa vostra. Ci dev'essere ancora qualcosa in frigo, mi ha detto salutandomi, e dopo si è lasciata prendere dentro un abbraccio.

Il taxi mi ha lasciato sotto casa dopo una decina di minuti. Prima di suonare mi sono seduto sul marciapiede, e ho tirato fuori dalla tasca il racconto che avevi dettato a tuo figlio la sera prima. Tua moglie nel frattempo l'aveva trascritto al computer e poi stampato. C'erano anche dei suoi appunti, scritti a margine, e un punto interrogativo. La finestra della casa era accesa, c'era tuo figlio che aspettava. Quelle pagine che avevo in mano le avevi dettate con la mascherina dell'ossigeno in faccia, la tua ultima maschera prima di finire. Era il monologo di una donna che parla con se stessa, riflessa nello specchio di un salone di bellezza parigino. E si chiudeva con lei che rivolgendosi alla propria immagine diceva «Io adesso socchiudo la porta, scivolo fuori del salon, spengo le luci e la lascio qui dentro, dentro quello specchio, a riflettere sulla conclusione. Non spetta a me cercare conclusioni, questa storia si è fatta da sola, senza che io contribuissi in niente, e se ho contribuito non me ne sono proprio accorta».

Ventidue

Sei dovuto passare attraverso il fuoco, per arrivare fin lì dentro la tua scatola issata su uno sgabello in mezzo al cimitero. Lo abbiamo pensato tutti, mentre ti stavamo intorno raccolti a semicerchio. Da qualche parte, mentre noi ti aspettavamo, sei passato dentro il fuoco, e per il tempo che è servito sei bruciato, hai fatto una fiammata in mezzo al buio e alla fine ti hanno raccolto che eri un pugno di sabbia chiara e sottile, tiepida e silente. Poi sei venuto fuori accompagnato, messo in cima al carro per l'ultimo attraversamento di Lisbona. Ormai appartenevi al fuoco. Quando sei arrivato al Prazeres eravamo tutti lì, divisi per gruppi, alcuni ancora fuori dal cancello. Il tuo amico d'infanzia di Vecchiano se ne stava in disparte, seduto su una sedia, la giacca troppo pesante. Poco fuori dal cimitero c'era un banchetto di zingari, vendevano magliette, hanno alzato la faccia quando hanno visto la macchina arrivare e passare oltre il cancello. A parte noi, dentro non c'era nessuno, solo un gatto a passeggiare tra le prime tombe. Ogni tanto spariva, come se cercasse un parente pure lui, e dopo si ripresentava costeggiando guardingo la zona del cordoglio. Era un gatto scuro ma non proprio nero, camminava con la coda sempre in aria, tesa come un bastone. Aveva qualcosa di tramviario, per essere un felino, quasi che con quella coda andasse a prendersi l'elettricità più in alto, da fili invisibili tirati sopra di lui. Per un po' si è fermato anche davanti all'ingresso della tomba a cui eri destinato, e si è seduto, nobile e indolente. Ma poi dopo poco si è rimesso in moto, come se quella non fosse che una delle tante fermate di routine che faceva dentro il Prazeres. Intanto, uno dopo l'altro ti siamo sfilati davanti, sul tappeto rosso che dalla macchina scura, ferma a pochi metri dalla scatola, portava fino a te. Qualcuno di noi si è fermato, e ha tirato fuori un quaderno da cui poi ha letto qualche riga. Non sapevamo dove guardare, mentre ti facevamo quelle ultime raccomandazioni. Così guardavamo i vivi raccolti intorno a te, perché parlare ai vivi era l'unica cosa che sapevamo fare.

Per farti passare all'altro mondo hanno dovuto aprire la porta di una tomba. Sembrava una piccola casa, un condominio di gente riservata. In cima, come fosse lo stemma di famiglia, c'era scritto escritores portugueses. E dentro ci finivi tu con la scatola di legno in cui, con quell'ultimo numero imprevisto, eri andato a rintanarti per concludere la storia. Ci sei arrivato così, scendendo lungo un fiume, aggrappato a quella scatola in mezzo alla corrente come se lì dentro non ci fossero le tue ceneri ma la tua lingua. Ti sei portato dietro solo l'italiano, con tutte le parole, con tutte le lettere riposte in ordine e rinchiuse, dopo averci giocato a sufficienza per il tempo che il gioco era durato. Tra poco saresti approdato. Ti avrebbero visto uscire dall'acqua e poi incamminarti verso di loro gocciolando, con la scatola stretta sotto il braccio, lasciando cadere in terra segni che tanto il sole avrebbe cancellato dopo poco. Quindi avresti appoggiato sul tavolo la tua valigia da prestigiatore e tutti si sarebbero chiesti che cosa portavi loro in dono, ospite straniero, confuso novizio di quel mondo. E tu a quel punto avresti sollevato il coperchio e avresti fatto passare la scatola tra le mani di tutti quegli uomini in attesa. Ciascuno di loro ci avrebbe chinato sopra la testa, ne avrebbe annusato il contenuto, e dopo l'avrebbe data al vicino, senza dire niente, con un mezzo sorriso di piacere. Qualcuno forse, più curioso degli altri, avrebbe anche infilato la mano in mezzo alle parole, e ne avrebbe sollevata una manciata per poi vederla ricadere giù, scivolando tra le dita. E alla fine del giro, la scatola sarebbe ritornata a te, e allora tutti ti avrebbero guardato sorpresi, al centro della scena, e nella tua faccia non avrebbero visto una richiesta d'asilo ma una malizia compiaciuta. A quel punto le avresti tirate fuori un po' alla volta, le parole della tua lingua. E poi lì, davanti a loro, avresti cominciato a montarle e smontarle con le mani, cercando le combinazioni, facendo sbucare il mondo tra le dita, facendolo volteggiare in aria per poi riscomparire. E alla fine avresti chiuso la scatola, di fronte ai loro occhi sbalorditi, e avresti chiesto un posto da dormire e una coperta.

E quando poi hanno aperto la porta di quella casa piccola in cui il 29 marzo del 2012 hai finalmente traslocato, tutti ci siamo avvicinati. È stato un doppio istinto, quello di accompagnarti fino all'ultimo e quello di vedere oltre la porta d'ingresso cosa c'era. È stato un movimento rapido, il nostro, quasi scomposto, tutti assembrati maldestri a spintonarci. Infine un uomo in divisa ha aperto la porta ed è entrato dentro per poggiare l'urna in cui ti avevano raccolto. E insieme a lui, da sotto, ci si è infilata anche tua nipote. L'ha fatto con un gesto furtivo, con il suo vestito azzurro, e nessuno l'ha fermata. È scesa giù con te per un piccolo tempo imprecisato. È scomparsa e quando è tornata su si è fatta schermo con la mano per il sole. E aveva un'espressione sulla faccia, quando è uscita, che era come una specie di stupore.

Dopo

Sono rientrato nella tua casa di Vecchiano che erano passati due mesi da quel giorno. In cucina, seduta al tavolo, c'era tua moglie che leggeva. Quando ho aperto la porta si è tolta gli occhiali, li ha poggiati su un foglio, e mi è venuta incontro un po' più magra, come se un pezzo di lei te lo fossi preso tu. Insieme a me c'era il tuo amico d'infanzia, che si è seduto per il tempo di un caffè e poi con una scusa se n'è andato, ci ha lasciati soli. In macchina, dalla stazione a casa tua, mi aveva detto che gli fai gli scherzi, che l'allarme sovente si mette a suonare, la notte. Lui si alza dal letto, corre fino a casa, e in casa non c'è nessuno. La notte dopo, poi, la stessa cosa, la replica tardiva delle tue telefonate nel cuore della notte. Se continui con queste richieste d'attenzione, finirai per obbligarlo a chiamare un elettricista, per risolvere un banale problema di fantasmi. Ma – mi aveva detto – sperava che avresti messo la testa a posto, e confidava che pensarti più spesso avrebbe potuto compensare le corse per Vecchiano nella notte. Me l'aveva detto battendo i pugni sul volante, e per metà era serio e per l'altra metà rideva. Alla peggio faremo i conti all'altro mondo, aveva concluso alludendo alla possibile incompetenza, o inefficacia, dell'elettricista nel risolvere i contenziosi degli umani con gli spettri. Poi eravamo arrivati a casa tua, e aveva lasciato la macchina fuori, appena dietro l'angolo. Quindi aveva aperto il cancello con la chiave, e c'era la tua auto. Aveva i finestrini abbassati e tutto era gonfio di luce, e la porta di casa era aperta perché dentro c'era lei.

Abbiamo mangiato un boccone in un silenzio pieno di sole. Due tovagliette con sopra i nostri piatti, due bicchieri, e un po' d'aria che dal giardino entrava dentro e poi tornava fuori. Accanto, poco più in là, c'era una pila di fogli, la rivolta delle carte, l'infinito, sfinente, disbrigo delle pratiche per archiviare in qualche ufficio, in qualche database, il tuo smettere di essere, il tuo non esserci più. Abbiamo parlato poco, dentro quella malinconia sottile, e dopo pranzo ho portato la mia borsa in camera, al piano di sopra, in quella che chiamate la stanza di tua figlia. Su un cassettone, in corridoio, c'erano un po' di tue camicie – un paio erano di puro materiale sintetico – e qualche maglietta già stirata. Le ho aperte e dopo ripiegate, erano tutte chiuse fino all'ultimo bottone. Tra le magliette c'era anche la Lacoste verde che indossavi quando mi hai mostrato il cimitero di Vecchiano. Se ne stava lì in mezzo alle altre, ormai senza più il coccodrillo, e chissà se mai te n'eri accorto, di averlo perso definitivamente. Quindi mi sono fatto una doccia, e dopo ho proposto a tua moglie, urlandoglielo dal piano di sopra, di prendere la macchina e di andarcene a fare una passeggiata sulla spiaggia. Scendendo le scale poi ho incontrato quella fotografia di quando avevi ancora i baffi, e mi sono fermato a guardarti. Da lì dentro mi hai detto perentorio: Allora, me lo vuoi dire come finisce, timidino? Finisce che andiamo al mare, ti ho risposto, e poi sono sceso giù in cucina. Ci sono finali migliori, ti ho sentito bofonchiare dietro, dalla penombra delle scale.

Poco dopo eravamo in macchina, io che guidavo, e tua moglie che guardava davanti, oltre il vetro. Ti avevo promesso, ho pensato guidando, che l'auto un giorno te l'avrei portata fino a Lisbona, e invece era rimasta lì in mezzo alla Toscana. E venti minuti più tardi io e tua moglie camminavamo sulla spiaggia con le scarpe in mano, e c'era un gran vento che ci fischiava nelle orecchie. Il mare nemmeno si sentiva, tanto era rumoroso il vento. Sulla spiaggia non c'era nessuno, un uomo lanciava un bastone a un pastore tedesco, e il cane glielo riportava indietro col fiatone. Poi si metteva in attesa che il padrone facesse un altro tiro. Io e tua moglie abbiamo camminato così a lungo che poi è comparsa la luna, anche se il cielo era ancora chiaro. Era solo un cerchio più luminoso da qualche parte sopra di noi. Così, parlando, affondando i piedi nella sabbia, siamo andati lontano, e quando siamo tornati indietro la spiaggia ci sembrava che non finisse mai. E non trovavamo più l'uscita, e in mezzo a quell'aria che soffiava forte ci siamo guardati e ci è venuto da ridere, a perderci in spiaggia come due bambini.

FINE

Dire grazie

Ci siamo incontrati a Parigi che era l'inizio dell'estate, e ci siamo separati in primavera in una stanza d'ospedale di Lisbona. In mezzo ci sono stati anni scanditi da stagioni e geografie, e da tutte quelle cose che riempiono lo spazio e il tempo in un rapporto d'amicizia. Il 25 marzo 2012, poi, Antonio Tabucchi è morto.

Il lutto, in fondo, è il tentativo di abitare il vuoto di qualcuno che si è perso. Questa storia l'ho scritta così, cercando di arredare quello spazio con il mio mobilio. Qualcosa l'ho preso per l'occasione, ma in generale ho cercato di arrangiarmi con quel che avevo. Abitare una casa nuova costa fatica e fantasia, ma tante persone mi hanno aiutato. È a loro che voglio dire grazie. Ciascuno sa per cosa. Questa casa, grazie a loro, adesso è la mia casa.

Un giorno, poi, qualcuno ha bussato alla porta. Quando ho aperto c'era una persona silenziosa. Sembrava Antonio Tabucchi. È entrato e non ha voluto dirmi il nome. Si è guardato intorno disorientato, e poi si è seduto su uno sgabello. Quindi ha cominciato a raccontare.

Torino, marzo 2013